KB102550

일본이라는 이웃

일본이라는 이웃
— 서정민 교수의 문화 그림 에세이

2022년 8월 1일 처음 펴냄

지은이 | 서정민
펴낸이 | 김영호
펴낸곳 | 도서출판 동연
등   록 | 제1-1383호(1992. 6. 12)
주   소 | 서울시 마포구 월드컵로 163-3
전   화 | (02) 335-2630
팩   스 | (02) 335-2640
이메일 | h-4321@daum.net

ISBN 978-89-6447-820-2 03800

일본이라는
이웃

서정민 교수의 문화 그림 에세이

동연

필자는 한국인 대학교수로 일본에 산다. 일본의 대학에서 학생들을 가르치고, 대학 연구소의 책임을 맡고 있으며, 일본 학계를 비롯한 여러 학회의 임원으로서 연구 활동을 하고 있다. 그렇기에 주로 전문 분야와 관련된 것들을 일본의 학자들과 토론하는 일이 잦고 때로는 논쟁을 하기도 한다.

한편 필자는 지난 수년간에 걸쳐 일본 아사히신문의 칼럼 전문저널 '논좌'의 칼럼니스트로서도 활동하였다. 칼럼에서 집필하는 필자 나름의 오피니언이나 평론에 대한 일본 독자들의 반향은 생각보다 컸다. 물론 일부 일본인들이 필자의 의견에 동조하지 않거나 저항감을 느끼는 것도 피부로 느껴졌다. 그러나 또 한편으로 많은 일본의 보통 독자들이, 자신들이 미처 생각하지 못했거나 그들이 모르던, 새로운 사실이나 관점에 대해 경청하고 있는 것도 알 수 있었다.

한국도 마찬가지지만 일본의 여론을 주도하는 주요 매스미디어는 나름의 논조, 성향을 지니고 있다. 그리고 그것이 어느 정도의 스펙트럼으로 배열화되어 있는 것이 사실이다. 필자의 칼럼이 게재된 아사히신문 그룹은 가장 영향력이 큰 매체 중 하나인 동시에 상대적이기는 하지만 일본에서 비교적 진보적 매체에 속한다. 필자가 아사히신문 논좌의 칼럼을 집필하게 된 사실을 전해 들은 일본인 친구는 아사히신문 정도 되니까 필자에게 칼럼 집필을 제안했으리라고 단언했다. 다시 이르자면 아사히신문 논조에 비해 보수 우측의 매체 같으면 필자의 논조를 받아들일 수 없음은 물론, 집필 자체를 제안하지 않았으리라는 이야기다.

아사히신문 논좌는 자신들도 처음 시도하는 일을 필자에게 요청했다. 즉, 같은 내용의 칼럼을 한국어와 일본어로 동시에 집필해 달라는 것이다. 이는 그대로 필자에게 매번 별도 두 편의 칼럼을 동시에 청탁하는 형식이 되었다. 실제로 지급하는 집필 원고료도 두 배인 셈이었다. 이런 일은 역사가 깊은 아사히신문에서도 물론이고 일본의 다른 주요 매체 중에서도 전례가 없는 일이라고 한다. 한국어판의 유효성에 대해 담당 데스크는 이렇게 설명했다. 일본 내에도 한국어를 읽고 해독하는 독자들이 많은 점 그리고 시공간이 해체되다시피 한 디지털 시대, SNS가 극도로 발달한 시대에 필자의 칼럼을 직접 접속 이외에도 여러 루트를 통해 한국의 독자들까지 동시에 읽을 수 있는 데에 그 유효성이 있다는 것이다. 실제로 그 이후 필자의 주된 독자인 일본의 독자들 이외에도 다수의 한국인, 한국어권 독자들의 반향이 있었다. 일본 내 그리고 일본어권에서 접속률이 높은 것은 물론이었지만, 지역을 불문한 한국어, 일본어 사용자와 아사히신문 논좌가 페이스북이나 트위터로 중계되면서 독자층이 더욱 확산되고 두터워졌다.

그런데 필자가 아사히신문 논좌에 칼럼을 써 온 지난 수년여 기간은 한일의 경계에서 칼럼니스트로 활동하기에 그 시대적 배경이 아주 어려운 시기였다. 수년 전부터 바로 지금까지도 한일 관계는 해방 후 최악 혹은 국교 정상화 이후 최악의 상황이라는 인식이 공공연하다. 정치 외교적 현안은 양국 관계 모두에서 지속적인 갈등의 국면으로 치달았고, 그에 따라 양국 국민의 여론도 상호 간극이 점점 벌어지는 모습을 보였다. 이에 일본의 국내 여론은 한일 관계에서 더욱 보수 우측의 입장이 강화되었고, 한국도 일본에 대한 이해의 폭이 줄어들었다.

바로 이러한 상황에서 필자가 한 가지 더 아쉽게 지적해 두고 싶은 점이 있다. 이른바 한국의 보수 언론, 보수 우익 논객들이 직접적으로 한일 관계에서 역작용을 해 온 사실이다. 한국의 주요 언론들이 한국 정부나 정책을 거의 일본의 입장과 유사한 관점에서 비판하고 논리를 전개하는 것이다. 그리고 그것을 일본의 미디어나 여론은 그대로 인용, 확대하여 자신들의 논리 구축에 유리한 자료로 활용하였다. 또한 한국 일부 우익 논객들의 극단적 논리가 책으로, 논설로 일본의 조야에 퍼지는 일이다. 그러한 극단적 우익 논객들의 일본어 책들은 지금도 일본 출판계에 베스트셀러가 되어 널리 읽힌다. 그들의 목적을 알 수 없는, 혹시 경제적 이익을 한몫 챙기기 위한 일인지도 모를 행태는 필자에게 가슴 아픈 일이 아닐 수 없다. 그러한 일은 한일 관계, 두 나라 모두의 현재와 미래에 결코 도움이 되지 않는 걸림돌임은 뻔한 이치이다.

이러한 환경 속에서 필자는 아사히신문 논좌에 수년간 칼럼을 써 왔다. 필자가 이번 칼럼 연재에서 나름 유념한 주제와 그 전개에 대한 원칙이 두 가지 있었다.

첫째, 한일 관계가 주된 주제인 칼럼이지만, 대학에 몸담고 있는 스스로의 정체성에 맞게, 직접적인 정치 외교의 문제에 바로 천착하지 않겠다는 점이다. 비유적으로 말하자면 한일 관계에 동심원의 원주가 있다면 되도록 바깥 원주, 거대 담론, 더욱 보편적 문제에 강조를 두겠다는 것이다. 그것이 대학에 소속된 연구자, 더구나 정치·경제 외교학의 분야가 아니라 종교와 역사, 문화론을 전문으로 한 자기 아이덴티티에도 맞는 일이라고 여겼다. 그래서 한일 관계의 현안과 바로 눈앞의 문제 해결에 관한 조언, 의견, 훈수를 두기보다는 더욱 넓고 깊은 문제를 생각해 보고자 했다. 이에 자연스럽게 역사, 문화, 종교가 주로 칼럼의 주제가 되었다. 혹시 정치, 경제, 사회의 문제가 등장할 때도 그것의 첨예한 결과나 표면의 문제로 드러내기보다는 근간이나 바탕이 되는 문제에 고심하고자 했다.

둘째, 독자를 지나치게 의식하지 않으려고 노력했다. 대중 매체의 칼럼도 일종의 독자에 대한 서비스일 수 있고, 그 또한 칼럼니스트로서 당연한 자세인지도 모르겠다. 그렇다고 독자 대부분을 차지하는 일본인들 위주로 그들의 입에 달기만 한 칼럼을 쓰는 일은 필자로서 내키지 않을 뿐 아니라 별 의미도 없는 일이 되고 말 것이라 생각했다. 즉, 일본 독자에게 일본의 역사, 문화, 종교를 말할 때, 속된 말로 그들이 듣기 좋은 꽃노래를 틀어 준다든가, 아니면 한국에 관하여 전할 때도 그들의 관점에서 듣고 싶은 '한국'만 전할 수는 없다는 생각이었다. 이러한 칼럼의 논조가 일본 독자들의 저항이나 외면으로 연결될 각오도 하였다. 그러나 일부 부분적인 부정적 반향은 있었지만, 전체적으로는 그렇지 않았다. 주제에 따라서는 최고 레벨의 접속률과 가독성을 기록한 칼럼도 많았기 때문에, 신문사로서는 논점의 마케팅에서도 그렇게 실패한 경우는 아니라는 반응이었다.

그리고 앞서 언급한 바와 같이 필자의 칼럼은 한국어와 일본어 공동으로 집필하였다. 자연히 다수의 한국인 독자들이 국내외에서 필자의 칼럼을 접했다. 앞서 일본 독자들에게 적용된 원칙을 그대로 적용하였다. 한국을 논하되, 한국의 독자들에게 입에 달고 듣기 좋은 꽃노래만 부른 것은 아니다. 일본인에게든지 한국인에게든지 아픈 역사는 아픈 대로, 아쉬운 것은 아쉬운 그대로를 함께 생각했다. 마찬가지로 일본에 대해서도 한국인이 볼 때 지극히 잘못되고, 단점이 되고, 철저히 되뇌어야 할 사실뿐만 아니라 그대로 받아들이고, 때로 선양해야 할 부분이 있으면 그대로 논의하고자 했다.

수년간의 이와 같은 칼럼 집필에서 필자는 한일 관계의 역사적 질곡을 깊게 체험하였고, 한국과 일본 각각에 대해서도 어두운 그림자가 드리워져 있음을 확인했다. 그러나 더욱 큰 원주의 거시적 관점에서는 희망도 충분히 읽을 수 있었다. 다른 것은 그만두고라도, 독자를 별로 배려하지 않는 필자의 칼럼이 일본에서 그리고 고국 한국에서 독자의 항의에 직면하거나 배척되지는 않았다는 사실이다. 이렇게 험난한 한일 관계에서도 일본의 보통 사람들은 한국 드라마에 심취하고, 한국 음식이 일상이 되다시피 했다. 그리고 젊은이들은 '케이 팝K-Pop'에 열광하고 있다.

이 책의 출판에 정성을 다한 도서출판 동연과 김영호 대표에게 무엇보다 깊은 감사를 전한다. 특히 이 책은 단순한 칼럼집이 아니라 필자의 그림이 여러 점 함께 편집된, 그림이 있는 에세이 칼럼집이 되고 말았다. 책으로 보면 장르 파격의 특별한 형태로 편집, 제작, 발행에 있어 여러 어려움이 크게 수반되었다. 필자의 아마추어 수준의 그림 에세이를 평가하여, 함께 편집하기로 결단한 김영호 대표와 박선주 편집자에게 다시 한번 고마움을 드린다. 모쪼록 이 그림이 있는 에세이 칼럼집이 한일의 높은 벽, 현해탄의 거친 파도 위에서 의미 있는 긍정적 논거가 되기를 바란다.

2022년 여름
메이지가쿠인대학 연구안식년 중 서울에서
서정민

차례

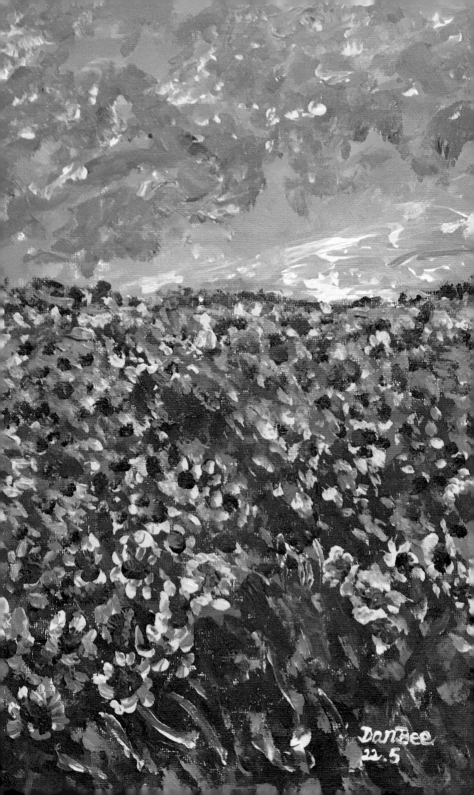

●

1부

일본에서 본 한국

남북 화해와 한국인의 정서[*]

　한반도의 분위기가 바뀌었다. 지난 평창올림픽 전까지만 해도 군사적 긴장이 고조되어 있었다. 특히 핵무기 완성을 선언하고 대륙간 탄도미사일 발사를 계속해 오던 북한의 행태는 남북한뿐만 아니라 동아시아와 태평양 지역 전역의 위협이 아닐 수 없었다. 그러나 지난 4월 27일 역사적인 남북정상회담이 열린 것을 기점으로 한반도의 새로운 평화 무드가 조성되었다. 이는 다시 5월 26일의 급작스러운 제2차 남북정상회담에 이어 마침내 6월 12일의 싱가포르 북미정상회담으로 연결되면서 한반도의 긴장 관계는 상당히 해소되었다. 그리고 대부분의 남북한 한국인들은 평화에 대한 정서적 희망, 심지어 통일에 대한 꿈도 지니게 되었다. 그러나 실제로 한반도와 동아시아의 평화가 정착되기 위해서는 넘어야 할 산, 즉 해결해야 할 과제가 산더미 같은데도 불구하고, 한국인들의 정서는 이미 남북

* 이 칼럼은 2018년 7월에 게재된 것으로 당시의 고조된 남북 화해 분위기에 기초한 내용이다.

철도를 이어 중국과 러시아와 유럽까지 달릴 꿈에 부풀어 있다. 이러한 한국인들의 정서와, 정서적 확신의 현상에 대해 주목해 본다. 필자는 다음과 같은 비유를 예로 든 적이 있다.

◆ ◆ ◆

일본은 야도, 중국은 반점, 한국은 주막

동아시아 삼국, 즉 한국·중국·일본은 함께 놓고 비교해 볼 요소가 많다. 세 나라의 '여관旅館'에 대해 좀 살펴볼까 한다.

일본은 전통적으로 나그네가 길을 떠나 타지에 나가 머무는 처소를 야도(宿)라고 부른다. 그 뒤 '여관'이나 '온천' 등등의 여러 파생적 명칭으로 '호텔'을 일러 말하지만, 지금도 기본적으로는 '오도마리ぉ泊まり'이다. 이러한 여관 명칭이 연유된 문화적 특징은, 가장 중심적인 의의가 하룻밤 머물러 잠을 자는 데에 있다는 점이다. 곧 이 잠자는 집이 밥도 먹고, 술도 마시며, 여행의 풍류를 다 즐기는 공간이 된다는 의미이다. 물론 잠자리와 관련된 문화로는 일본의 '트레이드마크trademark'라고 할 수 있는 '온천 문화'가 깊이 연관돼 있어서 철저한 '목욕 문화'도 함께 한다.

그런데 중국은 예나 지금이나 여관을 '반점飯店'이라고 부른다. 앞서 의미 정리 형태로 말하자면 밥 먹는 집에서 잠도 자고, 술도 마시며, 사람도 만난다는 것이다. 세계 최고의 '내공'을 자랑하는 중국

요리의 세계, 먹는 일이 가장 중요하다고 믿는 중국 평민 문화의 '실속형 가치관'을 연상케 하는 문화이다. 그리고 보니 중국 여행 때마다 머물던 '호화대반점豪華大飯店'이라는 호텔 명칭들이 새롭게 다가온다. 중국의 '밥집'은 그대로 그 여행 문화의 주체적 장소이며, 거기에 중국 문화의 '실리적 가치관'도 녹아들어 있다고 조금은 억지를 부려보아도 될 것 같다.

그렇다면 한국은 어떤가. '주막酒幕'이다. 술을 마시는 집에서 밥도 먹고, 잠도 자며, 사람도 만난다. 술을 마시는 것이 가장 중요한 일로 대표되는 것이다. 따지고 보면 가장 좋지 않은 문화적 정서나 그러한 분위기가 아닐까 할 수도 있다. 그런데 그 '술'은 꼭 '술'만을 의미하지 않는다. 거기에는 우선 예술적 지향이 깊이 함축되어 술을 마시느냐 안 마시느냐를 떠나 풍류의 감성으로 세상을 본다는 낭만적 사고가 흐른다. 한국인이 길을 떠나 여행에 나서면서 전통적으로 가장 먼저 떠올리는 나그네 이미지가 이른바 '방랑자 김삿갓'*이다. "시 한 수에 술 한 잔"이라는 '김삿갓' 전승이다. '정처 없음'과 '발길 닿는 대로'라는 한국인의 여행 전승은 그런 문화의 반향이 아닐 수 없다. 그리고 그러한 여행의 습속과 풍류는 한국인의 창조적 능력을 유감없이 발휘하게 하는 또 다른 역동성의 근거일 수도 있다.

* 1807~1863, 본명 김병연, 조선 후기의 방랑 시인.

물론 여기서 비교한 필자 나름의 개인적 감상과 단순한 '명칭 비교'는 지엽적 문화 이해일 수도 있다. 더 많은 요소를 놓친 억지일 수도 있다. 그러나 같은 용도의 '여관의 명칭'에 서린 '방랑자의 정서 이입'이 이렇게 다를 수 있을까 하는 것은 신기하기도 한 발견이다. 물론 이는 어느 것이 우월하고, 어느 것이 저급하다는 식의 비교가 결코 아니다. 가까운 나라 '동일한자문화권'의 삼국에 이런 차이가 있다는 것 자체가 경이로울 뿐이다.

　　그런데 이런 역사와 문화 여행을 하고 나면 늘 생각하는 것이지만, 서구식 호텔이나 특히 미국의 '모텔 문화'는 참으로 멋이 없다. 도대체 무엇을 강조하는 것인지, 여행이 무슨 의미인지 도무지 알 수 없게 하는 점이 특징이라면 특징이다. 먼 길을 가는 데 필요한 '가솔린 주유소'나 '마구간'과 같다는 생각을 지울 수 없었다. 미국 여행에서 특히 자주 느끼는 점은, 여행은 '질주'하는 것이며 모텔은 다시 달리기 위해 잠시 힘을 채우는 공간에 지나지 않는다는 인상이었다. 거기에는 '야도'도, '반점'도, '주막'도 없었다.

◆ ◆ ◆

판문점 '도보다리 담소'는 한국인의 '한'을 넘어서는 세리머니

　　세대 차이가 상당히 나는 남북의 두 정상이 회담 스케줄의 일환으로 이른바 '도보다리'를 산책했다. 거기에는 수행원도 통역자도

〈문경새재 제2관문〉 (2022. 1.)

없었다. 처음에 따라가 붙던 기자들도 다 물렸다. 그리고 멀리서 무성영화처럼 TV 카메라만 그들을 줌인했다. 진지한 대화, 가끔 웃음과 다정한 제스처 그리고 평화로운 새소리만 가득했다. 그곳은 한반도 최고의 대치와 긴장의 장소였다. 그들은 거기서 오랜 만남의 친구처럼 산책과 담소를 나누었다. 남북한의 한국인들은 물론 전 세계의 사람들이 이 장면을 지켜보았다.

많은 한국인들이 이 장면을 눈물을 흘리며 지켜보았다. 대화의 내용은 그리 중요하지 않았다. 분단 73년과 전쟁 68년의 상처와 아픔으로 가득했던 한국인들의 '한'이 풀리는 순간이었다. 이제는 더 이상 싸우지 않아도 될지 모른다. 마침내 '우리의 소원'인 '통일'이 될지도 모른다는 한민족 한풀이의 세리머니이기도 했다. 남북의 수뇌부는 그것을 예상했는지도 모른다. 드라마틱한 장면 하나로 얻을 수 있는 천배 만배의 정치적 효과는 우리가 감히 상상을 못 할 수준이다. 우선 남북한은 이런 정상회담 이전에 스포츠 교류와 남북단일팀을 구성했다. 그리고 남북한의 연예인들이 서로 오가며 특별공연을 가졌다. 남북의 관객들은 눈물로 그들의 노래와 춤에 화답했다.

그야말로 한국인의 정서가 돋보이고 발휘된 정치학이다. 여행객이 머무는 숙소를 '주막'이라 부르며 그곳에서 술 한 잔에 시 한 수를 읊던 한국인, 노래와 춤을 삶의 중심에 놓고 전 세계에서 한류 대중문화로 통하는 한국인에게 딱 들어맞는 '정서적 정치'가 한반도에서 진행되고 있음을 보았다.

한반도 상황에 대한 한·중·일, 세 나라의 접근 방식이나 인식 구조는 서로 다른 각각의 국민성과 관계가 있을 것이다. 특히 한국은 현대사에서 나타나는 극적인 정치 변혁과 급속한 경제 성장, 민주화운동과 사회 변화 역시 이러한 정서적 기반에서 그 '다이너미즘 dynamism'의 동력을 발견할 수 있다. 연인원 천만 명 이상이 참여한 이른바 '촛불혁명'을 통한 정권교체, 반대로 남북 화해 무드에 대한 반공 보수 태극기 부대의 데모 등도 이 같은 정서적 국민성과 관련이 있을 것이다.

영화 〈택시 운전사〉에 서린 한국인의 회한

2017년에 제작된 한국 영화 〈택시 운전사〉(감독 장훈, 주연 송강호)는 한국 내에서만 연인원 1천2백만 명 이상의 관객을 동원한 기록적인 히트작이다. 한국 현대사의 아픈 기억의 한 장면일 수밖에 없는 '광주민주화운동'을 소재로 한 영화가 이런 반향을 불러일으킨 것은 왜일까. 물론 영화적인 연출력, 연기자의 탁월한 연기도 한몫했겠지만, 이 영화의 주제가 대다수 한국인에게는 아직도 풀리지 않은 회한과 넘어서지 못한 아픔의 기억으로 남아 있는 까닭일 것이다.

영화는 평범한 서울의 한 택시 운전사가 남쪽 광주에서 벌어지고 있는 심상찮은 사건의 전모를 취재하기 위해 고립된 광주로 가고자 하는 독일인 기자를 태우고 떠나면서 시작된다. 부정한 방식으로 권력을 탈취한 군부가 정규군, 그중에서도 특수부대를 동원해 민주주의를 외치는 시민들을 제압하고 살상한 이 심각한 사태가 한국 내 다른 지역에는 알려지거나 보도되지 않던 시점이었다. 당시 한국 언론은 군사 쿠데타 세력에 철저히 통제된 상태였다.

1980년 5월, 호남의 중심 도시인 광주에서는 민주화를 요구하는 학생들과 이에 동조하는 시민들의 시위가 계속되었다. 18년 동안의 박정희朴正熙 군사 독재 정권이 내부 균열로 붕괴된 후 절호의 민주화 기회를 맞았으나 또 다른 군부, 곧 전두환全斗煥을 중심으로 한 신군부新軍部가 민주화를 유린하고 정치권력을 다시 사당화하는 데 대한 반대였다. 물론 이에 대한 학생, 시민들의 반대 시위는 전국적이었으나 그 절정이 광주에서 진행되었다. 그러나 사악한 정치 군부 세력은 국민의 군대를 동원해 그 국민을 살상하는 어불성설의 방식을 채택하였다.

공식 확인된 수치가 사망자 193명, 부상자 852명으로 발표되었으나, 더 많은 희생자를 증언하는 다른 기록들도 전해지고 있다. 그러나 이 민중봉기는 일단 실패하였고, 전두환 정권의 폭압적인 군사 정권은 1987년 6월 10일 민주항쟁까지 지속되었다. 그 후에도 일정 시기 동안 한국의 민주주의는 지속적인 위협을 받았다.

◆ ◆ ◆

4.19 / 5.16 / 12.12 / 5.18 / 6.10

한국 근현대사는 날짜를 기억하는 방법으로 그 대부분의 전개를 설명할 수 있다. 8.29(국치일, '한일병합'), 3.1(3.1운동), 8.15(해방), 6.25(한국전쟁), 4.19(이승만 독재 정권에 대한 민주 혁명), 5.16(박정희 군사 쿠데타), 12.12(전두환 신군부 쿠데타), 5.18(광주민주화운동), 6.10(6월민주항쟁) 등등이다. 이 기억의 날짜, 난수표와 같은 숫자를 모르는 한국인은 거의 없다. 이에 비해 일본의 역사에서는 8.15와 최근의 동일본 대지진인 3.11 정도가 보편적으로 기억되는 기념일 숫자가 아닐까 한다.

그런데 이 같은 한국의 기념일 숫자 중에는 급격한 정치적 변혁과 부침의 역사가 특히 많다. 한국 내부의 정치사로만 보아도 대한민국의 초대 집권자인 이승만은 영구 집권, 종신 대통령을 꿈꾸었다. 이에 1960년 4월 19일 학생들을 중심으로 한 민주화운동 세력이 궐기하여 다수가 목숨을 잃었고, 마침내 이승만은 하야했다. 그러나 4.19 추진 주체가 중심이 된 민주정권이 안정을 되찾기도 전에 1961년 5월 16일 일부 군부 세력이 쿠데타로 정권을 장악했다. 그후 18년간 박정희 1인 독재의 철혈정치는 지속되었고, 그 말기에는 이른바 '유신헌법'의 강제 개헌을 통해 종신 대통령을 지향했다. 그러나 정권 내부의 파멸적 분열로 인해 그는 1979년 10월 26일 최측근 부하에게 살해되었다. 그 후 희대의 독재자가 사라진 한국 정치는 민주화의 수순을 밟을 수 있는 기회를 잠시 맞이했지만, 일부 정치군인들이 다시 권력을 탐했다. 곧 전두환, 노태우를 중심으로 한 신군부 세력이었다. 그들은 제1차로 1979년 12월 12일 군부 내 주도권을 부당한 폭력으로 빼앗았고, 정치, 사회 전반에 걸친 집권 프로그램에 돌입했다. 그 과정에서 민주 세력에 대한 폭압이 가해졌다. 이 속에서 일어나고 전개된 것이 1980년 5월 '광주민주항쟁'이다.

박정희, 전두환 군사 정권 시기에 학생, 종교인, 학자, 사회 활동가, 문화계를 중심으로 한 민주화운동 세력은 한국 민주주의의 구현을 위해 이루 말할 수 없는 고통과 희생을 치렀다. 특히 1987년 서울대 학생 박종철의 고문치사 사건, 연세대 학생 이한열의 최루탄 직격 사망 사건은 민주화운동을 일부 학생이나 운동 그룹에 의한 운동에서 전 시민의 운동으로 확산시켰고, 연인원 수백, 수천만 명의 군중이 정치 민주화를 요구하며 거리에 나섰다. 군사 정권은 굴복할 수밖에 없었다. 이는 적어도 한국에서 군사 정권이 더 이상 발붙일 수 없다는 명료한 전기를 마련하였다. 특히 박정희 군사 정권 시기의 민주화운동 때부터는 크리스천을 중심으로 하는 이웃 일본의 양심, 지원 세력의 적극적 협력이 큰 공헌을 하였다.

✦ ✦ ✦

남북 긴장 관계가 가져온 한국 현대사의 질곡

앞서 나열한 기념일 숫자에는 대부분 피의 얼룩이 짙게 배어 있다. 그 하나하나의 기억 속에는 수많은 민중의 죽음과 '한'이 서려 있다. 그것은 어쩌면 그 사건의 다음 역사가 그 앞의 어두운 역사를 지우고 청산해야 할 것이라는 획기적 기점으로서의 의미를 지녔을지 모른다.

그러나 한국의 현대사에는 상식적으로 이해하기 어려운 측면도 있다. 예를 들어 한국 근대사 제일의 굴욕 역사인 일제강점기 36년의 '식민지' 터널을 지났으나, 그 시대를 주도했던 이른바 '친일파' 세력이 청산되지 못하고 그대로 8.15 이후에도 한국 현대사의 기득권을 유지했다는 점이다. 그들은 정치, 경제, 문화, 심지어 종교 권력에까지도 주도권을 지속적으로 행사했다. 그들의 명분은 이데올로기 분단 상황에서 자신들이 '반공'의 첨병이라는 것이었다.

4.19로 이승만 독재 정권을 무너뜨린 세력은 그야말로 정의와 이상적 목표만을 부르짖는 정치적 아마추어였다. 현실 정치의 대안을 마련할 여력이 부족했다. 그때 이승만 정권의 군부 세력이 물리적 폭력을 이용하여 다시 정권을 탈취한 것이다. 그리고 이승만 정권의 주류, 박정희 군사 정권의 주류는 일제강점기, 곧 식민지 시대의 친일 기득권 세력 그대로였다. 박정희 정권은 철저한 군사 독재를 경제 개발로 견인, 포장하였다. 당시의 시대 상황과 어우러지면서 이 시기 한국 경제가 비약적인 성장을 이룬 것은 사실이다. 그러나 급속한 성장 뒤에는 극도의 분배 불균형과 사회적 약자들의 커다란 희생이 수반되었다. 그럼에도 극히 일부의 한국인들에게는 독재자 박정희를 경제 성장의 주역이라 찬양하고 그리워하는 그런 온정적(이지만 퇴행적) 정서가 존재한다.

박정희 사후 등장한 전두환 신군부 세력은 어쩌면 박정희 정권보다 더한 사욕의 권력이었다. 이후 민주화 진행 과정에서 그들에게 일부 사법적 책임을 묻는 절차가 진행되기는 했으나, 결국은 국민 통합을 명분으로 사면해 줌으로써 독재자이자 민중 폭압과 학살의 명령자인 전두환과 노태우는 사죄 한마디 하지 않은 채 서울 한복판에 안존하고 있다. 특히 전두환은 최근 자신의 회고록에서 '광주사건'은 자신과는 무관한 책임 밖의 일이라 주장하고 나섰으며, 일부 보수 우익들은 그 사건을 북한에서 남파한 공산주의 불순분자들이 일으킨 사태라고 주장하고 있는 어이없는 현실이다(결국 전두환은 끝내 자신의 잘못에 대한 사과 없이 2021년 사망했다).

이러한 한국 정치사의 불가사의는 남북의 긴장, 곧 분단과 대치라는 특수한 환경이 빚어낸 결과이다. 민주화 세력은 늘 '종북從北'과 '빨갱이'로 매도되었고, 그와 같은 선입관에 대처하던 민주 세력은 정작 중요한 역사 청산에 철저하지 못한 모호함을 드러내었다. 그래서 현재진행형인 한국 정치사의 한 쾌거였던 '촛불혁명' 역시, 남북 화해와 통일 비전의 지원 없이는 여전히 미완성이 될 수밖에 없다. 영화 〈택시 운전사〉는 이런 한국 현대사의 한 질곡을 리얼리티를 통해 표현한 절절한 서사敍事가 아닐 수 없다.

한국사를 움직이는 '우민愚民'

　한국인들에게 가장 존경받는 인물 가운데 한 사람은 조선 시대 제4대 군주 세종대왕(1397~1450)이다. 그는 다른 면에서도 최고의 군주로 추앙을 받지만, 많은 한국인이 역사 속에서 가장 자랑스러운 일 중의 하나로 여기는 한글을 창제한 군주이다.

> 우리나라 말이 중국과 달라 글자와 말(음성)이 서로 맞지 않으니 이에 어리석은 백성들이 말하고자 하는 바가 있어도 그러지 못하는 이가 많다. 내 이를 안타까이 여겨 새로 스물여덟 자를 만드니, 모든 사람마다 이를 쉽게 익혀 편히 쓰도록 하고자 할 따름이니라.
> ― 「훈민정음」 서문 중에서(현대어 표기로 고침)

　이 훈민정음 서문을 보아도 그가 얼마나 자신의 백성을 사랑하고, 그들을 위한 정치에 골몰했는지 알 수 있다. 세종의 눈에도 백성은 '어리석은 자들'일 뿐이었으나, 전제 군주제였던 시대였음에도 군주와 관리가 백성을 존중하고 그들의 입장에서 정치를 펴고자 하는 높은 뜻이 읽혀진다. 그런데 이렇듯 백성을 위해 세종이 창제한 한글마저 이후 역사에서는 오랫동안 제구실을 하지 못했다. 엘리트 양반들이 이를 천한 글로 혐오하여 심지어 '암글'*로 부르며, 그 사용 자체를 부정하고 제한한 바 있다. 그러나 한편 그런 '우민'들에게서 혁명적 동력은 늘 솟아나고, 역사의 전환도 대개 그들 어리석은 백성들로부터 비롯되었다.

◆ ◆ ◆

유교와 사대부의 나라

조선 왕조는 유교 원리주의의 종교 국가였다. 유교의 정치철학적 이상을 실천하는 것을 목표로 하고, 그것을 통해 당시 국가의 구성원, 즉 왕, 관리, 백성은 각각의 덕목과 역할에 충실해야 했다. 그리해서 이른바 '민民이 천天'이라는 이상을 실현하고자 한 '이상 국가'였다. 그 특징을 이해하기 위해 최고 정점인 왕에 대해 살피지 않으면 안될 것이다.

조선 왕조의 왕은 사실상 절대 군주가 아니었다. 그는 자신의 의지나 통치정책의 선택을 대부분 왕조의 초기부터 확립된 법이나 전

---

* 한글을 여성들만 쓰는 글로 비하하는 말.

〈안동 하회마을〉 (2022. 1.)

통, 선대先代 왕들의 결정 사례, 더구나 절대적으로 따라야 하는 유교 철학, 예법, 윤리에 근거해서 결정하지 않으면 안 되는 군주였다.

그것을 더욱 제한하고 걸러 내기 위해서, 이른바 유학을 전공하는 전국의 '선비'*들이 어떤 사안에 대해 개인적 혹은 집단적 의견을 적은 직접적인 건의문, 곧 '상소上疏'를 올리는 제도가 확립되어 있었다. 이 '상소'는 군주에게 있어 신중하게 자신의 입장을 조율調律할 중요한 참고가 되지 않으면 안 되었다. 더구나 이른바 '중신重

---

* 양반 가문의 학식 있는 귀족들이 대부분으로 과거 시험을 통해 관리에 등용되었거나, 그것을 준비하고 있는 예비 관리 군, 혹은 현실 정치를 냉소하는 유학자.

臣’이라고 불리는 내각의 의견이 일치, 혹은 다수로 모아져야 하는 전제도 늘 깔려 있었다.

더욱이 ‘삼사三司의 간諫’이라는 제도가 있었는데, 이 제도는 현대적 의미로 보면 언론과 감찰 혹은 학술연구의 최고 중추적 역할을 하는 국가기관들을 통해 이루어졌다. 곧 ‘사간원司諫院’(국립 언론 기관)의 수장首長인 ‘대사간大司諫’, ‘사헌부司憲府’(국가 고위공무원 감찰 기관)의 수장인 ‘대사헌大司憲’, ‘홍문관弘文館’(국립 학술 기관)의 수장인 ‘대제학大提學’이 합의하여 군주와 고위 관리들의 결정에 문제가 있다고 반대하면 왕은 결코 자신의 뜻을 관철하지 못하는 구조였다.

물론 앞서 세 기관의 수장들이 지위상 그렇게 최고위에 해당하지는 않았지만 언론, 감찰, 학술을 관장하는 이들이었고, 유교의 원리에 의거해 그들 간에 일치된 의견으로 대원칙을 건의할 경우에는 아무리 군주라 하더라도 그 견해를 무시할 수 없었다는 것이다. 만약 그것을 받아들이지 않는다면, 그야말로 ‘폭군’이 되는 것이다. 게다가 조선의 왕은 거의 일생동안 그의 행적 전체를 빠짐없이, 하급 관리이지만 역사가인 ‘사관史官’이 수행하며 기록하도록 하는 제도하에 있었다. 단순한 기록이라기보다는 유교의 원리에 입각하여 군주가 정당한 정치를 하고 있는지를 ‘체크’하는 제도라고 할 수 있다.

이러한 것은 모두 조선의 정치가 원리적으로는 유교의 철학적 가치관을 실제 정치에서 실현하고자 하는 형식이요, 적극적으로 해석하면 현대 민주정치에서도 참고할만한 이상적 권력분배와 상호 견제의 정치 체제를 구축한 '이상국가理想國家'를 지향했다고 볼 수 있다(필자, 『한국가톨릭의 역사』, 2017, 41-42쪽 참조). 그러나 이런 조선의 정치 제도와 절대 군주에 대한 견제 장치 등은 훌륭한 것이었음에도 결과적으로 많은 부분에서 실패했다. 제한된 왕권하에서 고위 관리들은 권력 투쟁과 붕당 갈등에 혈안이 되었고, 그 과정에서 백성을 위함이라는 정치적 이상은 표류하였다. 그리고 근본적으로 조선 시대의 유교는 소수의 왕족과 양반의 가치였으며 다수 민중에게 있어서는 강요된 종교이자 철학일 뿐이었다. 민중은 오히려 오랜 전통의 불교나 민간신앙에 더 가까웠다. 이러한 구도 역시 정치와 민의가 유리된 이유 중 하나이다.

◆ ◆ ◆

유교를 강요받은 우민들

한국 민중은 현대사 초기, 1960년 4.19혁명을 일으켰다. 피의 값을 치른 젊은 학생들의 함성과 민중의 절규는 한국 민주주의 혁명으로서 첫 실현의 성과를 거두었다. 그런데 그것이 자리 잡는 데는 시간이 필요했고, 시행착오와 지난한 숙성 과정이 필요했다.

그러나 폭력적 힘을 지닌 자들은 그 과정을 기다리지 않았다. 그들의 속성은 자신과 자신들이 속한 소수 집단의 사익 추구였다. 물론 그들 나름의 우국충정憂國衷情이 추호도 없었다고 하지는 않겠지만, 아무튼 5.16 군사 쿠데타로 인해 한국의 민주주의는 다시 30년 후에나 희망을 찾을 수 있을 정도로 후퇴하였다.

앞서 언급했듯이 조선 시대 최고의 임금으로 평가되는 세종은 자신의 백성을 '어린 백성'이라고 하였다. 이는 물론 좋은 뜻으로 백성을 가엽게 여긴 성군聖君의 성정이라고 믿는다. 그러나 어쨌든 백성은, 민중은 모자라고 부족하며 잘 보살펴 주어야 할 존재인 것이다. 그건 성군이나 폭군이나 마찬가지 생각이었다. 어쩌면 민심이 천심이며, 백성이 하늘이라는 말과는 아주 상반된 '아이러니'가 함축되어 있다.

바로 그런 조선 시대의 왕, 귀족, 양반들은 유교를 택하여 민중을 가르치고 그 가치에 민중을 몰입시켰다. 종교적 상황으로 보면 '민중화된 불교', 아니면 고래의 전통 신앙이나 자연종교에 더 깊이 젖어 있던 백성들에게 유교의 까다로운 예의범절과 고상한 윤리 덕목으로 살아야 할 의무가 더 지워진 것이다.

유교가 도달하고자 한 특별한 윤리, 그 깊은 철학적 가치야 더 이를 말이 없을 정도로 훌륭한 것이다. 그러나 '어린 백성'들은 그 윤리의 형식에 얽매여야 했고, 거기에서 모자라면 사람 취급을 못 받는 극단까지 몰려야 했다. 굶주림에 허덕이는 한이 있더라도 조상 제사상은 남에게 뒤지지 않게 꼭 차려야 했고, 삼강오륜三綱五倫을 실행하기 위해 때로는 목숨을 바치기도 해야 했다. '어린 백성'에게도 그러한 가치로 계도하고 교육하였으며, 거기에 조금이라도 못 미치면 천박하고 미개하며 몽매한 백성이 되고 말았다.

♦ ♦ ♦
나라를 망친 엘리트들

가끔 그런 몽매한 민중의 힘이 결집되어 봉기하였다. 조선 후기에는 민란民亂과 동학東學으로 혁명적 동력을 일으켰고, 잘난 이들, 즉 왕과 귀족(사대부) 엘리트도 막지 못한 외세의 위협에 분연히 일어나 나라를 지키기도 했다. 특히 조선 후기에는 외래의 가톨릭 신앙이 민간에 전파되면서 이들이 기존 질서에 목숨을 걸고 항거하였고, 한편으로는 새로운 민중 종교인 '동학'이 민중혁명을 주도하였다.

그러나 그토록 잘나고 기득권을 다 틀어쥔 엘리트 지도자들이 결국 나라를 말아먹고 말았다. 그중 일부는 통렬하게 책임을 통감한 이들도 있었지만, 늘 그렇듯 대부분은 외세에 빌붙었다. 일제日帝는 조선 백성이 몽매하고 야만적이기 때문에 문명화된 일본의 통치를 받는 것이 옳다는 입장이었다. 친일親日 매국노賣國奴들 역시 그 논리에 섰다. 다시 조선 민중은 무식하고 야만적인 '우민'이 되고 말았다. 그러나 이 절체절명絶體絶命의 위기 상황에서 나라를 구하고자 피를 흘린 이들은 대부분 이 우민, 곧 민중이었고 그들의 의기였다.

민중의 의기로서만 역사를 움직일 수 있다고 할까. 세계가 모두 놀라는 일제하 3.1운동이 어느 잘난 지도자들의 것이었는가. 그 역시 몽매하다고 무시당하던 조선 민중의 몫이었다. 특히 3.1운동을 주도한 민중은 당시로서는 신흥의 그리스도교와 천도교였다는 사실도 크게 주목해 볼 일이다.

어렵사리 해방을 맞았다. 외세는 초기에 한국인이 독립 국가를 세울 능력이 모자라므로 잘난 나라들의 신탁통치信託統治를 받아야 한다고 했다. 이 또한 한국 민중의 힘으로 막아 내었다. 신탁통치 반대 투쟁이었다.

그리고 그에 이은 참담한 역사는 동족상잔의 전쟁 중 한국 민중에게 이데올로기의 덫을 씌웠다. 힘 있는 자들의 왼쪽에서는 민중을 오른쪽 반동反動이라고 몰아 되는대로 죽였다. 또한 힘 있는 자들의 오른쪽에서는 민중이 왼쪽 부역자附逆者라고 몰아 참혹하게 기회 있을 때마다 죽였다. 민중이 몽매하다고 할 때는 언제고, 죽지 못해 산 그들을 거창한 사상으로 덮어씌우고 몰아 죽였다. 이런 편 가르기는 그 후로도 계속되었다.

제1공화국에서는 최고 지도자인 국부國父, 곧 이승만이 어리석은 백성을 종신終身토록 지도하고 다스려야 한다는 생각이 그들 권력자에게 팽배했었다. 5.16의 흐름에 선 군사 독재자들은 한국 민중은 민주주의를 할 수준이 안된다고 평계를 대어 삼선개헌三選改憲과 10월유신을 감행하였다. '한국적 민주주의'라는 놀라운 말도 만들어 냈다.

그리고 민중의 환심을 사고자 '당근'도 하나 준비했는데, 바로 경제 개발이다. '잘살아보세'였다. 거의 세뇌를 시켰다. 민주주의와 경제 성장을 대치시켜 맞바꾸도록 교육했다. 그 교육의 힘은 커서 지금도 일부 사람들에게 5.16 세력이야말로 만고萬古의 가난을 극복하게 한 거룩한 시대적 사명자로 인식하도록 만들었다. 그러나 분별 있는 이들의 눈에는 민주주의가 빛날수록 경제 성장도 더욱 잘되는 원리라는 것이 분명한 일이다.

그 후 사람들은 박정희가 죽자 잠시 '서울의 봄'을 꿈꾸었다. 그러나 이 또한 여지없이 무너졌다. 전두환의 12.12인데, 이들은 5.16 세력과 '코드'는 똑같았지만 수준은 더 형편없었고 무자비하기로는 따라갈 이들이 없었다. 그런데 그들도 '당근'을 준비했다. 곧 '선진국으로의 비전'이며, '서울올림픽'이었다. 한국 민중이 이런 영화를 누려본 적이 있는가? 하는 것이었다. 박정희 시대의 '잘살아보세'에서 전두환의 '아, 대한민국'으로 바뀌는 순간이었다.

그러나 이런 자들의 위선과 사기, 강압, 말도 안 되는 우민화 정책을 끈질기게 거부하고, 민주주의를 회생시킨 것은 역시 한국 민중의 거대한 동력이었다. 사람들은 그들, 힘 가진 자들이 늘 말했던 것처럼 결코 어리지도, 어리석지도, 몽매하지도, 미개하지도 않았다. 단지 시간이 조금 걸릴 뿐이었다. 한국 민중에게는 여전히 희망이 있고, 그 희망의 결과가 다시 '촛불혁명'으로 증명되었다.

한국의 '코비드 19' 대책에는
'세월호 참사'의 교훈이 있다*

필자는 언젠가 한국 현대사를 4.16세월호참사 이전과 이후로 나누어야 할 것이라고 한 적이 있다. 일본 현대사를 '3.11동일본대지진 이전 이후로 나누어 보아야 한다'는 맥락과 궤를 같이한다. 물론 여기에 이의를 제기하는 이들도 있을 수 있다. 예를 들면 세월호 참사는 안타깝는 해도 하나의 해난 사고에 지나지 않는다는 주장이다. 그러나 4.16세월호참사는 우리가 겪었던 한국 현대사의 질곡과는 상당히 다른 특징이 있다.

긴 역사는 차치하고 식민지 이후로만 보아도 압제와 분단, 전쟁, 민간인학살, 군사독재, 민주항쟁 등등 우리가 겪어 온 비탄의 역사와 그 트라우마는 어느 하나 쉽게 가늠할 수 없는 것들이다. 그럼에도 그것들 대부분은 우리에게 불가항력의 운명 같은 것이라고 할 수

---

* 이 칼럼은 코비드 19 초기 유행단계의 이른바 세계적으로 K방역이 각광 받던 시점 그리고 4.15 총선이 진행된 당시 시점의 칼럼으로 현재의 상황과는 다소 차이가 있는 부분이 있다.

있었다. 그러나 '세월호'는 달랐다. 국가가 제대로만 작동했다면, 높고 낮고 간에 처처 곳곳의 책임자들이 마땅한 본연의 직분에만 충실했다면⋯. 그 푸르고 창창한 생명들이 우리 눈앞에서, 차가운 바닷속에서 그렇게 처절하게 죽어가지는 않았을 것이며, 숨도 제대로 쉬기 어려운 고통을 전 국민이 경험하지 않았을 것이라는 트라우마이다.

◆ ◆ ◆
도대체 우리에게 국가란 무엇인가

세월호 사건은 한 나라의 국가 권력과 최고 책임자에게는 어떤 역할과 기능, 사명이 있는가를 되물을 수밖에 없는 사건이었다. 그럼에도 우리는 그들이 왜 그토록 허망하게 죽어가야 했는지 사건의 진상을 모른다. 그 과정에서 누가 무엇을 어떻게 했으며, 어떤 잘못을 저질렀는지도 모른다.

차원은 다르지만 우리는 최근 코비드19 위기 상황에서 국가가 어떻게 작동하는지를 보았다. 국가에 부여된 책임과 그 책임자의 자세와 역할이 무엇인지도 보았다. 중국에서 코비드19가 시작되어 한국에도 첫 감염자가 발생했던 초기, 한국 정부는 중국과 교류를 전면 차단하지 않았다. 철저한 검역, 검진 시스템을 갖추고 이에 대비했다. 물론 어려움도 있었다. '신천지'라는 종교 단체의 집단감염과 전파는 한때 감염 폭발의 위기로까지 치달았다. 그들의 비협조로 정부의 적극적인 방역 정책이 난관에 부닥치곤 했다. 그러나 한국 정부는 지난 정권의 세월호 사건을 아픈 기억으로 되살린 것으로 보인다. 정부는 재난 컨트롤 타워를 제대로 작동시켰고, 국민의 생명과 안전을 최우선으로 하는 자세를 견지했다. 여러 가지 방법을 동원해 최고 수준의 진단검사, 감염자 관리, 의료 붕괴를 막기 위한 대처 방안을 시행했다. 일단은 크게 성공한 것으로 보인다.

폭발적으로 증가하던 감염자는 현저히 줄어들었고, 감염에 의한 사망률도 극히 낮은 상태로 조절되고 있다. 이 과정에서 적극적 방역 시스템과 감염 경로 제한을 위한 정부의 노력은 국민의 신뢰를 얻었다. 이는 또한 세계 각국의 지지와 칭찬, 때로는 협조 요구로 이어졌다. 세월호 참사로 인해 세계의 손가락질을 받았던 이 나라가 코비드19 상황에서는 온 세계로부터 찬사와 부러움을 사는 것도 보았다. 여기에는 여러 이유가 있겠으나 세월호의 아픈 경험을 반복하지 않고, 국가의 역할이 무엇인지에 대한 성찰을 놓치지 않으려는 정부의 자세가 매우 중요했다고 할 수 있다.

4.15 총선은 4.16세월호참사 6주년에 대한 국민의 엄중한 질문이며 응답이었다. 4.16의 숨 막히는 고통, 촛불혁명이라는 요원의 불길, 새로운 나라를 만들어야 한다는 시민의 열망 그리고 주저 말고 적폐, 구습, 악덕 기득권을 확실히 청산해 나가라는 국민의 명령이었다. 4.15 선거 혁명은 6년 전 4.16세월호참사에서 비롯되었다.

그 사실을 진 자도, 이긴 자도 잊지 말기 바란다.

일본어로 읽은 『82년생 김지영』

한국에서 베스트셀러였던 책이다. 일본에서도 가히 선풍적인 인기이다. 유럽은 물론 베트남, 타이완 등 아시아 여러 나라에서도 널리 읽히는 책으로 유명하다. 나로서는 한국어로 읽는 것이 더 편하지만, 거주하는 곳이 곳인지라 일본어책이 먼저 손에 들어왔다. 내용은 잔잔한 리얼리티이지만 때때로 내가 의식하지 못했던 사실들로 인해 허탈할 정도의 충격도 받았다. '그렇지, 그래 그랬지. 우리 어머니와 누이들과 아내가 그래, 그렇구나. 딸들이 그렇게 살고 있지.'

한국인이자 남성인 내게도 위화감이나 부정적 느낌을 넘어 전해오는 공감대가 있었다. 그리고 그것이 일상의 것, 당연한 것으로 여겨졌던 사실에 적잖은 충격을 받았다. 작가 조남주가 지닌 스토리 전개 능력, 표현력의 탁월함이 돋보였고, 일본어로 읽으면서 원문인 한국어로는 어떻게 표현했을까를 궁금해하지 않아도 될 만큼 사이토 마리코의 번역 또한 뛰어났다. 그러나 이 글에서 『82년생 김지영』의 줄거리나 결말에 대해서는 새삼 언급하지 않으려 한다. 그것은 독자들의 관심과 독서로 채워지기를 바란다.

♦ ♦ ♦

한국의 여성이 결혼을 해도 남편의 성을 따르지 않는 이유

오래전 여성학자들이 많이 참석한 한 국제 심포지엄에서 있었던 일이다. 컨퍼런스 중 쉬는 시간에 한 일본인 여성 학자가 내게 말했다.

"조선 시대가 그렇게 여성 차별 사회라고 알려졌어도 그때는 물론 그 이후에도 한국 여성은 결혼해서 남편의 성을 따르지는 않지 않나요? 그리고 보면 한국 여성이 서양이나 근대 이후 일본의 여성보다 더 자존적이었던 것 같기도 해요. 일본에서는 최근에야 결혼 후에도 자신의 '패밀리 네임'을 유지하려는 경향이 늘고 있어요. 남편 성을 따랐다가 뜻하지 않게 이혼이라도 할 경우, 특히 전문직에서 활동하는 여성의 경우는 곤란한 경우가 참 많거든요."

몇 사람의 한일 학자들이 공감을 표하기도 하고 미처 생각하지 못했던 내용에 흥미를 보이기도 했다.

그때 내가 조금 다른 이야기를 했다.

한국의 경우, 특히 조선 시대 양반가 여성은 결혼을 해도 결코 남편의 가문에 편입될 수 없었다. 자식을 낳아 키우며 일생을 함께 살아도 생애를 마친 후 선영先塋이라 부르는 가족 묘지에 묻힐 때는 이름 대신 자신의 출신 가문 성씨만을 묘비에 새겨야 했다. 아내가 유교적 덕목에 충실하여 남편이나 시부모를 위해 헌신적 희생을 다 하고 이른바 '정절'을 지키기 위해 목숨을 버리는 경우에는 나라에서 효부 혹은 열녀라는 상을 내리고 비碑를 세워 주기도 했지만, 만약 관습과 윤리에 어긋나는 행동―이른바 칠거지악七去之惡―을 하게 되면 그것은 전적으로 출신 가문의 탓이며 친정으로 쫓겨나기 십상이었다. 영광은 모두 남편의 가문, 곧 시댁의 공이며 자랑이었고, 책임은 자신과 친정(출신) 집안 탓이었던 것이다.

휴식 시간의 가벼운 자유 토론에 참석했던 연구자들은 미처 생각하지 못한 조선 시대 여성의 실상을 다시 생각하는 듯했다.

◆ ◆ ◆

기독교와 여성 혁명

한국의 양반가 전통에서는 부모 자식이나 형제자매가 아닐 경우, 남녀가 일곱 살이 되면 한 곳에 모이거나 함께 놀 수 없는 풍습이 있었다. 심지어 이런 극단적인 말도 있었다. '조선 시대 여성은 일생에 단 세 사람의 남성만 공식적으로 대면할 수 있었다. 태어나서 첫 남성으로 부친을 대하고, 그다음 결혼해서 만나는 남편이 두 번째 이성이며, 마지막으로 아들을 낳으면 그 아들이 세 번째 만날 수 있는 남성이었다'는 것이다. 물론 지나친 말이겠으나 당시의 현실을 잘 말해 준다고 하겠다.

수년 전 이슬람 국가인 사우디아라비아에서 여성이 자동차 운전을 할 수 있게 되었다는 사실이 세계적인 뉴스거리가 된 적이 있다.

지금도 이슬람 전통이 강한 나라의 여성 옷차림은 우리가 잘 아는 그대로이다. 특히 여성들의 의상인 히잡hijab이나 차도르chador, 부르카burqa 등을 여성 차별과 억압의 대표적인 상징으로 본다. 그러나 조선 시대 한국의 양반 여성들도 만만치 않았다. '장옷'과 '쓰개치마'라는 의상을 입고 외출해야 했다. 전신과 얼굴을 완전히 가리고, 특히 대낮은 절대 피하여 어둠이 내린 이후에나 겨우 나들이가 가능했다. 이른바 '내외법內外法'이라는 풍속이 그들을 지배했다.

'남녀칠세부동석'과 '내외법'이라는 풍속은 한국 기독교 초기 전도에 가장 큰 장애물이었다. 그러나 —가톨릭과 프로테스탄트를 막론하고— 기독교가 전래된 후 여성 차별과 억압의 역사에는 혁명적인 변화가 왔다. 여성들의 교회 출입, 남성들과 함께하는 예배 그리고 '이화학당'을 비롯한 근대 여성 교육기관이 여성 차별을 철폐하는 선봉이 되었다. 그 과정에서 국가, 혹은 기존의 사회 세력은 기독교를 박해하고 배척하는 이유로 사회질서 문란 행위를 꼽았다.

한국의 프로테스탄트 기독교 초기 역사에는 이른바 'ㄱ자 예배당'이라고 하는 독특한 교회당 건축 양식이 있었다. 예배당 건물을 'ㄱ자'로 지은 뒤 한쪽은 여성, 한쪽은 남성 좌석으로 지정했다. 굽은 모서리에 설교 단상이 설치되어 양쪽의 예배 참석자들이 설교자의 모습은 볼 수 있으나 서로 간에는 대면할 수 없는 구조였다. 물론 출입도 별도의 문을 통해서 함으로써 남녀 신도 간의 대면을 최대한 억제한 형태였다. 당시의 사회 풍습과 기독교 집회의 현실적 필요를 적절히 융합한 고육지책苦肉之策의 하나로 보인다.

일본에서도 기독교 선교는 여성 차별 극복과 해방에 크게 기여한 측면이 있다. 일반적으로는 한국의 경우와 마찬가지로 근대 여성 교육 역사에서 보여준 공헌을 가장 크게 평가할 수 있다. 가까운 일본인 여성 동료 학자의 견해를 빌리면 일본에서 본격적인 '자유연애' 시대의 도래가 기독교 전파 이후였다는 사실에 주목할 만하다. 그것은 단지 제도와 형식의 문제를 떠나 자아 정체성의 문제이며, 여성의 정신, 양심 등과 함께 깊은 정서적 내면을 스스로 결정하고자 하는 인간 자유의 면면이 아닐 수 없다.

그러나 이와 같이 일본에서나 한국에서 여성의 차별과 억압 해소, 여성 해방의 교두보 역할을 했던 기독교의 현재는 반성적으로 되돌아보아야 한다. 특히 한국의 기독교회 내부 분위기는 가장 낙후된 남녀 차별 현상을 보이고 있으며, 그 개선의 여지가 산처럼 쌓여 있는 실정이다.

수년 전 '촛불혁명'을 통해 한국 사회가 보수적 억압의 터널을 벗어난 후 '미투 운동'이 시작되었다. 2018년 1월 가장 보수적인 조직 문화 가운데 하나인 검찰 내부에서 이 운동은 시작되었다. 검사 서지현은 수년 전 상사에게 당한 '성희롱'을 고심 끝에 고발했고, 이를 여론화시켰다. 이에 힘입어 한국 사회에 암세포처럼 숨어 있던 남성의 위력과 금력에 의한 여성 억압의 치부가 공개되기 시작했다. 정계, 재계, 문화계, 교육계, 체육계 심지어 종교계까지도 수많은 사례가 당사자들의 용기 있는 고백으로 백일하에 드러났다. 이에 따라 뒤늦게 법적, 도의적 책임을 지고 직위에서 물러나거나 법의 심판을 받는 경우가 일어났다. 현재진행형인 이 운동이 한국 사회의 고질적인 문제를 극복하고 치유하는 방향이 되기를 바란다.

한일 간의 역사적 현안으로 남아 아직도 완전한 해결을 보지 못하고 있는 '종군 위안부' 문제도 오래전 다른 차원의 '미투 운동'에서 출발한 일인지도 모른다.

◆ ◆ ◆
시계추를 가운데로 가져오기 위해

아직도 일본이든 한국이든 여성의 사회적 여건은 '유리 천장'이다. 법적인 제도나 형식 논리에서는 남녀 차별이 거의 없다. 그러나 현실과 실제 운용 과정에서는 여전히 강력한 차별이 존재한다. 여성들은 자신의 목표를 바라볼 때 남녀 간의 차이가 없는 듯 보이지만, 사실은 거기에 몇 겹의 유리막이 가로막고 있다고 토로한다.

한편 남성들도 이제 서서히 역차별을 이야기하며 여성의 억압과 주도권 상실 등을 토로하기 시작했다. 특히 취업이나 전문직 임용 과정에서 남녀의 균형을 맞추기 위한 여성 우대 정책 등을 지적하면서 이를 역차별이라고 문제 삼기까지 했다. 그러나 역사적으로든 현실적으로든 여성에 대한 차별과 억압은 여전히 현재진행형이다.

〈한옥과 매화〉(2022. 1.)

우리의 최종 목표는 균형과 공평, 공정의 상태일 것이다. 시계추를 맨 가운데로 가져와야 할 것이다. 그렇게 하기 위해서는 편향되었던 추를 우선 반대편으로 옮겨야 한다. 거기에서 추동력을 받은 시계추가 좌우로 흔들리다가 마침내 정중앙에 위치할 수 있을 것이다. 아직은 한참 더 여성의 차별적, 억압적 상황을 정면으로 주목하며 그것을 극복하기 위한 성찰을 지속해야 할 때이다.

초등학교 3학년 때 그렸던 반공 포스터

초등학교 3학년 시절이던 1960년대 중반이다. 어려서 질병으로 보행 장애를 입은 필자는 집중 재활치료를 받느라 주로 입원 생활을 해서 초등학교 저학년 때는 정상적인 등교가 어려웠다. 당시 우리 집이 있던 시골 초등학교에 학적은 둔 채 도회지의 병원에서 치료에 집중하던 때이다.

오랜만에 잠시 퇴원하여 3학년으로 등교를 했다. 거의 처음으로 또래 친구들과 함께 책상에서 머리를 맞대고 수업을 받을 수 있다는 사실만으로도 가슴이 부풀고 설레는 순간이었다. 병원에서 교과서만 읽으며, 언젠가는 친구들과 함께 공부하는 날을 손꼽아 기다려 왔던 것이다. 그래서 그날의 기억이 더 또렷한지 모른다.

국어책을 큰 소리로 읽는 국어 시간이 지나고 신나는 미술 시간이 되었다. 필자의 첫 미술 시간 준비를 위해 어머니는 48색 크레용을 특별히 준비해 주셨다. 당시로서 48색 크레용은 꿈의 미술 도구였다. 대개는 12색이 보통이고, 24색이면 그야말로 최고였다. 때로는 크레용을 준비하지 못해 선생님의 꾸중을 들으며 친구에게 조금

씩 빌려 색칠하는 경우도 흔했다. 생애 첫 미술 시간을 맞이한 병약했던 필자, 더구나 어려운 형편에서도 어머니가 준비해 준 48색 크레용으로 한껏 어깨가 으쓱해지는 시간이었다.

◆ ◆ ◆

반공을 넘어선 반공 포스터

그날 미술 시간 과제는 '반공 포스터' 그리기였다. 흰 도화지에 친구들은 부지런히 포스터를 그리기 시작했다. 필자 역시 병원 생활 중에도 색칠 공부를 해 본 경험이 풍부해서 나름 거침없이 그림을 그리기 시작했다.

주제가 '반공 포스터'이니 우선 한반도 지도를 그렸다. 그리고 비록 만 여덟 살의 초등학교 3학년이지만, 한반도가 남북으로 분단되어 있다는 것은 잘 알고 있던 터라 남북을 가로질러 철조망을 그렸다. 그런데 그때 필자가 생각한 반공을 해야 하는 이유는 나라가 분단되어 있기 때문이고, 만일 통일이 된다면 반공 같은 것은 특별히 문제가 되지 않을 것이라고 생각했다. 그래서 북한 사람과 남한 사람이 철조망을 가운데 두고 서로 악수를 하는 그림을 그렸다.

그런데 필자의 그림이 반공을 넘어 통일로 가는 이상을 표현한 한 차원 나아간 주제라는 것 말고도 또 다른 문제가 있었다.

당시 초등학교의 교육 분위기에서 북한 사람은 사람이 아니었다. 북한 사람을 표현할 때는 도깨비나 무서운 동물인 늑대나 이리 모양의 얼굴로 표현하는 분위기였다. 즉, 예쁘고 고운 얼굴을 한 사람으로 그려서는 안 되는 불문율 같은 것이 있었다. 그뿐만 아니라 파란색이나 초록색 같은 밝은 색깔로 표현하면 절대 안 되고 시뻘겋거나 시커먼 자극적인 색깔로 그리는 것이 상식이었다.

정상적으로 1학년 때부터 학교 교육을 받지 못했던 필자는 그걸 알 수 없었다. 그래서 북한 사람도 예쁜 얼굴로 미소 짓고 있는 모습으로 그리고 옷은 48색 크레용을 자랑이라도 할 겸 알록달록 갖가지 색으로 그렸다. 특히 필자가 좋아하는 파란색, 초록색을 많이 넣었다. 물론 남한 사람도 역시 최대한 예쁘고 환하게 그렸다. 아마 분홍색, 주황색 등 따뜻한 계통의 색깔을 많이 사용했던 것 같다.

✦ ✦ ✦

왜 이렇게 예쁘게 그렸니?

'반공 포스터', 아니 필자로서는 '통일 포스터'가 거의 마무리되어 갈 즈음 필자의 가슴은 뚝딱뚝딱 뛰었다. 포스터에 써넣는 표어는 '반공을 넘어 우리의 소원은 통일'이라고 적었다. 분명히 선생님께서 크게 칭찬하실 것이라는 기대로 어린 마음은 한껏 상기되었다. 슬쩍 곁눈으로 살펴본 짝꿍을 비롯한 친구들의 그림은 사람들이 너무 못생겼고, 색깔도 어둡고 칙칙했다. 어서 선생님이 내 자리로 오

시기만을 기다리며 마음을 졸였다.

마침내 담임선생님이 내 자리로 다가왔다.

선생님도 정말 오랜만에 등교한 제자가 포스터를 어떻게 그렸는지 궁금하시지 않았을까. 나는 이미 완성된 그림에 계속 예쁜 색칠을 더 하며 선생님의 칭찬을 내심 기다리고 있었다. 한참 동안 내 그림을 내려다보시던 선생님은 뭔가 마뜩잖은 듯한 얼굴로 필자의 그림을 들어 올리며, 이렇게 말씀하셨던 기억이 지금도 또렷하다.

"서정민은 '반공 포스터'가 무엇인지 잘 몰랐나 보구나. 그런데 왜 이렇게 '북한 괴뢰 도당'들을 예쁘게 그렸니? 색깔은 또 이게 뭐야. 그동안 학교에 다닐 수 없어서 공부가 잘 안되었구나. 여러분 각자 자신이 그린 포스터를 다시 한번 살펴보세요. 반공 포스터를 이렇게 정민이처럼 그리면 안 돼요. 알았죠? 자, 서정민은 아직 시간이 좀 남았으니, 새 도화지에 포스터를 다시 그려보아요. '북한 괴뢰'들은 늑대 떼처럼 그리는 것이 좋아요…."

필자는 눈물이 그렁그렁했다. 물론 그날 '반공 포스터'를 다시 그릴 힘도, 그릴 마음도 없었다. 오랫동안 책상에 엎드려 닭똥 같은 눈물을 뚝뚝 흘려야 했다. 선생님의 칭찬 아닌 꾸중도 가슴이 아팠지만, 사람을 왜 늑대처럼 그려야 하는지 도무지 이해가 되지 않았다. '사람을 그릴 때는 되도록 예쁘게 웃는 얼굴로 그리는 것이 좋은 것 아닐까'라는 의문은 그 뒤로도 결코 지울 수가 없었다. 그리고 그날 집에 돌아와 어머니 앞에서 다시 울음을 터트렸고, 밤에는 가위

눌리는 꿈을 꾸었다.

✦ ✦ ✦

일본 유학 후 가장 놀랐던 일 가운데 하나

필자는 1985년 처음으로 한국을 떠나 해외여행을 했고, 1989년 일본에 유학했다. 특히 필자가 첫 해외여행을 떠날 때는 대부분의 한국인 여권은 단수여권이었다. 곧 장기든 단기든 한 번 정부의 여행 허락을 받아 여권을 만들고 여행을 다녀오면 그 여권은 폐기되는 제도였다. 그마저도 여권을 받으려면 여러 절차와 심사가 필요했고, 하루 종일 시간을 들여 서울 남산에 있던 '자유센터'에서 철저한 사전교육을 받아야 했다. 이 사전교육은 국가정보기관이 주도했다. 교육 내용은 해외에 나갔을 때 북한 간첩의 접근으로부터 자신을 보호하는 방법과 세계 각지의 공산주의자들과 만날 가능성을 염두에 두고, 배타적으로 대응하는 법 등이 주된 내용이었다.

일본 지역을 여행하는 사람들은 북한 간첩과 동급으로 보는 조선 국적의 교포인 조총련 소속 재일교포들과 교류를 갖지 말아야 한다는 내용을 특히 강조한 교육을 받아야 했다. 여러 경우에 대한 강사의 강의뿐만 아니라 영상자료 등을 이용하여 반복적으로 경계심을 환기시키는 방법으로 진행되었다. 필자를 비롯해서 당시 한국을 떠나 외국에 나오는 한국인들은 북한 간첩에 대한 막연한 불안이 있

〈교토 사찰 도지 오층탑〉 (2022. 2.)

었다. 지금으로서는 미안한 일이지만 당시 조선 국적이나 조총련 소속 재일교포에 대해서는 막연하게나마 일종의 공포감이 있었던 것도 사실이다.

1989년 필자는 마침내 유학생 신분으로 일본에 왔다. 일본 생활을 시작한 교토(京都) 거리에서 처음 부닥쳤던 가장 낯선 장면은 거리에 나붙어 있던 '일본 공산당'이라는 단어와 포스터였다. 일본에서는 '공산당'도 정당이며 공산당 소속 국회의원이 있다는 사실이 어색하고 낯설었다. 철저한 반공교육을 받고 자란 필자 세대에게

'공산당'이라는 단어가 주는 선입감은 몹시 거북하고 조심스러웠다. 그러나 '일본 공산당'의 존재와 일본 정치에서 그들이 차지하는 역할과 위치 등에 대해서는 이내 이해할 수 있었다. 필자도 여러 이유로 재일 조총련 소속 교포들과 교류하지 말라는 금지 교육을 수차례 받았지만, 유학 생활이 시작되자마자 그들과의 만남은 일상이 될 수밖에 없었다. 대학 내에서는 민단 출신과 조총련 출신의 재일교포 학생들이 스스럼없이 어울리며 공부했고, 거기에 한국에서 온 유학생들도 함께했다. 모두 함께하는 체육 행사, 야외 활동은 물론 때로는 스스럼없이 잔치도 같이 여는 분위기로 발전했다. 거기에는 이데올로기의 대립이나 이념 갈등, '콤플렉스' 등이 존재하지 않았다.

우리 세대가 받아 온 교조적인 반공교육은 한국 내의 정치적 목적으로 실시된 측면이 강했음을 부인할 길이 없다. 그런 면에서는 북한 사회의 이념 교육, 곧 한국과 미국을 대상으로 한 적대적인 체제 교육 등도 같은 맥락으로 살펴야 할 것이다.

◆ ◆ ◆

'레드 콤플렉스'를 넘어서기 위해

한반도의 분위기는 그동안 점차 변해 왔다. 2018년의 화해 무드 이전부터 남북 지도자들 간의 교류와 협력의 초석이 놓여 왔고, 그것을 바탕으로 본격적인 평화와 통일 시대를 향한 역사적 진행도 빨라지고 있다. 남북의 정상이 판문점 분계선에서 만나 서로 악수를 나누고, 함께 산책을 했을 때 필자를 비롯한 대다수 남북한 주민과 해외 한국인들은 감격의 눈물을 흘렸다. 마침내 분단과 전쟁, 대립의 역사를 끝내고 통일을 꿈꿀 수 있다는 희망을 보았다.

그러나 한편으로 철저한 반공교육을 받고 자란 필자 세대의 한국인들이 느끼는 위화감, 불안감 혹은 내면적인 혼란은 분명히 짚고 넘어 가야 할 부분이 있다. 이성적으로는 다 이해하는 것으로 보인다. 그러나 어려서부터 원초적인 반공교육으로 굳어진 북한에 대한 불신과 공산주의에 대한 경계와 염려는 정서적 '트라우마'로 작용하고 있을지도 모른다. 실제로 한국은 아직도 공산주의가 합법화되지 않았고, 다수의 국민 의식 속에는 깊은 '레드 콤플렉스', 즉 공산주의 사회주의에 대한 경계와 부정의 정서가 깔려 있다. 시간이 필요하겠지만 남북과 아시아의 화해, 평화, 통일을 위해서는 이 또한 정면으로 마주하고 극복해야 할 역사적 과제가 아닐 수 없다. 지금도 한국 내 일부 계층에서 극단적으로 들고 나오는 극우적 반정부 시위의 기저에는 우리 세대가 경험한 정서적 반공교육 곧 '레드 콤플렉스'가 중요한 요인으로 작용하고 있음이 분명하다.

정교분리론의 참 의미

이승만 대통령의 계속 집권은 하나님의 뜻이다.

박정희 대통령의 위업은 우리 민족을 향한 하나님의 은총이다.

전두환 대통령은 하나님이 한국을 사랑하여 보낸 위대한 지도자이다.

한국 기독교의 주류, 다수의 입장은 늘 이런 식이었다. 해방 후 최초의 한국 대통령은 이승만이다. 그는 개인적으로 독실한 기독교인이며, 그의 정부는 '친기독교 정권'이었다. 여러 정책과 인재 등용에서 기독교 그룹이 우선되었고, 많은 특혜가 있었다. 심지어 이 시기를 '기독교 준 국교 시대'라고도 불렀다. 정권 말기에는 독재와 부패, 특히 부정선거에 의한 정권 연장이 획책되었다. 1960년 3.15 선거에는 기독교인 이승만과 이기붕이 정, 부통령으로 출마하였고 갖은 부정선거가 난무했다. 이때 한국 기독교계 대부분은 이들을 지지하여 이승만과 이기붕의 당선이 하늘의 뜻이라고 했다. 노골적인 부정선거 개입이었다. 그러나 이승만 정권은 학생과 시민들에 의한

1960년 4.19혁명으로 무너졌다. 한국 기독교는 여기에 대한 적절한 반성과 책임, 고백을 이행하지 못했다.

1961년 박정희는 군사 쿠데타로 정권을 탈취했다. 그리고 철권 통치와 경제 개발을 강력히 추진했다. 이승만 정권을 지지하던 한국 기독교계 주류는 다시 박정희를 하늘이 한국 민족에게 보낸 지도자로, 그의 통치는 하나님 은혜의 섭리라고 그를 치켜세웠다. 이러한 기조는 박정희가 죽고, '신군부'라고 부르는 전두환 중심의 세력이 재차 쿠데타로 집권했을 때도 그대로 이어졌다. 부당한 절차로 전두환이 대통령에 오르고, 그를 위해 한국 기독교 주요 인사들이 준비한 국가조찬기도회가 열렸을 때, 기독교인들은 입을 모아 "전두환은 하나님이 한국 민족을 사랑하여 보낸 위대한 지도자"라고 찬양했다.

◆ ◆ ◆

정교분리 위반이라며 민주화 투쟁을 비판

박정희 군사 정권이 민주적 절차를 무시하고 3선 개헌에 돌입했을 때 소수의 진보적 크리스천은 반대 운동을 시작했다. 진보 인사 중 한 사람인 김재준 목사는 '삼선개헌반대범국민투쟁위원회'의 위원장을 맡아 군사 독재 연장 반대 운동의 선봉에 섰다. 그 후 박정희는 다시 종신 집권을 노린 '유신헌법' 개헌을 단행하고, 비민주적 독재 통치를 시행했다. 여기에 한국의 민주화 세력은 목숨을 걸고 반

독재 투쟁에 나섰다. 이 민주화운동의 중심 세력은 한국 프로테스탄트 기독교의 진보적 소수 세력 그리고 가톨릭교회 지도자들이었다. 이들의 민주화운동은 전두환의 쿠데타 이후에도 지속되었으며, 군사 정권에 의해 혹독한 수난을 당했다.

당시 진보 기독교인들의 민주화운동에 대해 독재 정권을 지지하고 찬성하던 다수의 보수 기독교 세력은 앞장서서 비판의 목소리를 내었다. 진보적 기독교인들이 현대 복음주의 기독교의 올바른 전통인 '정교분리 원칙'을 위반했다는 것이다. 곧 정권의 부당성을 고발하고, 인권 탄압과 권력 독점의 부당함과 부패한 정부를 비판하는 것을 정교분리 원칙 위반으로 몰아붙인 것이다. 그렇다면 부당한 정권을 적극 지지하고 독재자를 찬양하는 보수 기독교의 행태는 정교분리 원칙 위배가 아닌가? 반문해 보아야 할 역사이다.

◆ ◆ ◆
독립운동도 억압했던 기독교 내 정교분리론

한국의 프로테스탄트 주류, 다수의 크리스천들은 최초의 이승만 대통령 이후 크리스천 대통령 만들기에 골몰했다. 그리고 무엇보다 보수적 반공주의를 강력히 표방하는 정치 지도자를 지지하는 데 적극적이었다. 이에 반해 남북문제에 전향적인 입장을 지닌 대통령이나 정권에 대해서는 비판적인 태도를 보였다. 즉, 김대중 정부, 노무현 정부 그리고 문재인 정부에 대해 집요할 정도의 반대 입장을 유지하고 있다. 아이러니한 것은 이들 진보적 성향의 대통령이 모두 가톨릭 신자라는 점도 특기할 사항이다. 같은 크리스천이라 하더라도 프로테스탄트의 보수적 교회 소속이 아닌, 민주화운동의 흐름에 적극적이었던 가톨릭교회 출신이라는 점이다. 반면에 장로 대통령을 표방하며 대통령 당선 이전 서울특별시장 시절 서울시를 하나님께 봉헌하리라 공언했던 이명박 정권은 이들 보수 기독교 세력의 폭넓은 지지를 받았다. 또한 그들은 독재자 박정희의 딸로 대북정책에 유연하지 못했던 박근혜 정권도 적극적으로 지지했다.

일본의 식민 통치 시기 전후, 한국 기독교와 크리스천 지도자 다수는 이른바 민족기독교를 표방했다. 그들 중 다수가 독립운동에 가담했다. 대표적인 민족 독립운동인 1919년 3.1운동에는 당시로서는 소수에 지나지 않았던 기독교 세력이 이를 중심적으로 지휘·추진했을 정도였다. 이에 대해 당시 한국 선교를 수행하며 일본과 원만한 관계를 유지하고자 했던 선교사들은 강력한 반대 입장을 표방했다.

교회는 나라 일(정치)을 의논하는 집이 아니니, 교회에서 나라 일을 보기 위해 모이면 아니 된다. — 「그리스도신문」 (1901. 10. 3.)

이것이 당시 선교사 다수의 입장으로 한국 기독교의 독립운동 참여를 제한하고 금지했다.

한국에서 기독교 전도는 정교분리 주의에 입각하여, 해외선교사
와 협조를 유지할 수 있기를 바란다.

— "교세: 한국문제에 관한 결의(敎勢: 朝鮮問題に関する決議)", 「복음
신보福音新報」 1264(1919. 9. 18.)

그뿐만 아니라 당시 일본의 크리스천들도 한국 기독교의 독립운
동 참여를 염려하며, 정교분리론에 입각하여 경계했다. 특히 그들은
예수가 당시의 이스라엘에서 지지자들과 함께 정치적 의미의 왕국을
건설하지 않고, 영적 왕국을 목표로 한 사실을 더욱 근원적인 정교
분리론의 근거로 제시하기도 했다. 이는 선교사뿐만 아니라 일본의
정치가와 크리스천들이 정교분리론을 가지고 한국 기독교의 독립운
동 참여를 제한하는 중요한 논거로 사용한 예이다. 그러나 '정교분리
론'은 기독교의 정치 참여 금지를 골자로 형성된 사상이 결코 아니다.

◆ ◆ ◆

정교일치 → 종교국가 → 국가종교 → 정교분리

인류 역사에서 국가가 형성될 무렵의 형태는 대개 정교일치의
양상을 띠었다. 그리고 오랜 역사를 거친 후 종교국가가 탄생했다.
이는 종교와 국가가 밀접하고 유기적인 관계에 있다는 의미 이외에
도 종교와 정치, 종교 카리스마와 국가의 권위를 비교할 때 종교가

우위라는 의미도 포함하고 있는 형태이다. 그리고 '국가종교'가 탄생했다. 이는 정리하면 국교國敎가 있는 나라의 국가 체제이다. 달리 말하면 국가종교, 곧 국교를 국가 권력이 지키고 육성하며 이용하는 형태이다. 어디까지나 현실적인 주도권은 국가에 있다.

그 이후 가장 현대적인 형태로 '정교분리' 개념이 탄생했다. 이는 종교, 곧 신교信敎의 자유를 의미하며 국가 권력에 의한 종교의 강제를 금지하고 개인의 종교 선택과 신념의 자유 보장을 의미했다. 즉, 인류 역사에서 종교와 정치의 관계를 압축해서 정리하면 정교일치 → 종교국가→ 국가종교 → 정교분리의 형태로 전개되어 왔음을 알 수 있다. 그러나 모든 국가가 이처럼 순차적으로 변천해 온 것은 아니다. 현대 국가 중에도 '정교일치'까지는 아니라 해도 종교국가 또는 국가종교를 지니고 있는 나라가 다수 병존하고 있다.

◆ ◆ ◆

'카노사의 굴욕'에서 '아비뇽 유수'까지

종교와 정치의 관계를 유럽 기독교 세계를 중심으로 이야기한다면 필자는 '카노사의 굴욕'으로부터 '아비뇽 유수' 사이의 스펙트럼으로 설명할 수 있다고 생각한다.

1077년 신성로마제국의 황제 하인리히 4세는 자신의 황제권을 인정하지 않는 교황 그레고리우스 7세에게 사죄하였다. 그는 교황이 휴가를 보내고 있던 카노사성의 성문 밖에서 3일 간 추위에 떨며 선처를 호소하고 나서야 겨우 황제권을 인정받았다. 이것을 카노사의 굴욕이라고 부른다. 이는 교황의 권위, 즉 교회의 권위에 황제 및 국가 권력이 절대적으로 의존할 수밖에 없었던 극단적 예이다.

다른 한편으로 200년 가까운 십자군 전쟁으로 교황의 권위가 급속히 약화되었던 1308년, 프랑스 왕 필리프 4세의 지시로 교황 클레멘스 5세가 교황청이 아닌 프랑스의 아비뇽에 유폐되었다. 이후 1377년까지 7명의 교황이 프랑스 왕의 보호와 감독 아래 프랑스 영토인 아비뇽에 교황의 근거를 두고 지냈다. 이 시절을 '아비뇽 유수'라고 부른다. 황제나 왕으로 대표되는 국가 권위가 교황, 교회의 권위를 제압한 극단적 예이다.

기독교 역사에서 교회와 국가, 종교와 정치의 상관관계를 파악할 때 양극단의 기준으로 삼을 수 있는 사건들이다.

◆ ◆ ◆

정교분리론의 본래 의미

1559년 영국 성공회가 로마가톨릭교회로부터 분립해 영국의 국교가 되었다. 이로부터 영국은 국가교회인 성공회 이외의 여러 교파, 종파, 신앙 그룹에 대해 강력한 탄압을 실시했다. 이때 탄압받던 영국의 청교도들이 중심이 되어 아메리카 대륙으로 이주를 결행했다. 1620년 영국의 청교도 102명이 메이플라워호를 타고 북아메리카 플리머스로 향했다. 이들, 신앙의 자유를 찾아 신대륙으로 이민을 결정한 이들이 바로 미국 건국의 바탕이다. 이들의 신앙에 대한 자유 염원은 그대로 미국의 건국 정신과 헌법 기초에 반영되었다.

이에 1787년 미국 건국이 정식으로 성립되었고, 미국 헌법이 공포되었다. 이 헌법에는 전체적으로 개인의 종교 여부, 종교 선택의 자유, 양심의 자유가 철저히 보장되었다. 그리고 미국 헌법 제1차 수정헌법 제1조에서 '정교분리론'이 천명되었다. 즉, '국교' 제도를 부정하고 국가가 어떤 특정 종교를 강요하거나 보호할 수 없으며, 종교상의 이유로 기본권을 침해할 수 없다는 의미가 명기된 것이다. 정교분리론은 개인의 신교 자유, 종교 활동의 완전한 자유를 보장하기 위한 보루로서 성립된 논리이다.

따라서 정교분리론은 국가 권력에 의한 종교의 강요, 간섭 등을 배격하는 의미를 함축한 사상이지 종교 활동의 일환으로 국가의 행위, 정치 현상을 비판하고 관여하는 것까지 금지하는 조항은 결코 아니다. 종교가 정당한 이유로 정치적 행위에 참여하는 것은 오히려 종교 자유의 일환으로 보장될 수도 있는 것이다. 특히 기독교의 신념과 역사를 통해 보면 교회나 기독교인이 정치적 비판을 하는 태도는 그들의 고유한 예언 행위로 평가할 수도 있다. 따라서 정교분리론을 들어 그것을 비판하는 것은 그 원류에 대한 오해이거나 의도적인 과잉 적용이라고 하지 않을 수 없다.

　김대중(15대, 1924~2009), 노무현(16대, 1946~2009), 문재인(19대, 1953~)
대통령의 공통점 하나는 모두 가톨릭 신자라는 점이다. 한국 현대정
치사에서 명실상부한 민주화 이후 정권의 수장이 모두 가톨릭 신자
라는 점은 우연의 일치일까? 물론 헌법상 완전한 정교분리의 원칙
이 천명되어 있고 대통령이라 할지라도 개인의 종교 자유가 보장된
상황에서 정권과 종교, 대통령 개인의 종교를 정치사적으로 거론하
는 것은 의미가 없는 일일 수도 있다. 그러나 한국의 경우 기독교를
비롯한 주류 종교가 정치·사회적으로 강한 영향력을 갖고 있고, 일
부 종교는 긍정적이든 부정적이든 지금도 정치참여에 활발한 것이
사실이다. 이러한 상황에서, 더구나 강력한 대통령 중심제 국가에서
대통령 개인의 종교는 중요한 정치적 변수라 할 수 있다.

　14세기 말 조선이 건국되었다. 왕조의 교체이자 정치혁명으로
새로운 시대가 도래한 것이다. 그러나 다른 측면으로 보면 불교에서
유교로 국교를 대체한 종교혁명으로 살필 수도 있다. 즉, 역성혁명易
姓革命(dynastic revolution)인 동시에 국교의 교체인 셈이다.

우리 역사에는 왕조와 시대에 따라 주력 종교가 교체되는 국교 전승이 있었다. 고대 왕국의 샤머니즘이 있는가 하면 불교 전래 이후 통일신라와 고려는 불교였고, 조선은 강력한 유교 국가였다. 그리고 일제강점기는 국가 종교의 해체 혹은 '초종교'로서 일본 '국가 신도'와 갈등을 빚던 시기였다. 그리고 마침내 8.15와 더불어 정교 분리, 곧 종교 자유의 시대를 맞았다.

* * *
해방 공간의 기독교 세력

8.15 이후 북위 38도선을 기준으로 남쪽에서 미군이 군정을 실시했다. 미국은 대표적인 기독교 국가로서 한국의 기독교 선교 전통을 존중했다. 반면 한반도 북쪽 지역은 소비에트의 영향 아래 사회주의 체제가 자리를 잡았다. 이러한 한반도 분단은 1950년 한국전쟁의 비극으로 이어졌다. 분단과 전쟁 시대, 북한에 중심을 두었던 한국 기독교 세력 다수가 남한으로 이동했다. 기독교와 사회주의의 갈등이 가장 큰 원인이었다.

이에 반해 남한의 미군정 그리고 뒤이은 제1공화국 이승만 정권은 기독교에 대해 각별한 편의를 제공했다. 특히 조선총독부가 남긴 국유지 등 공공 재산과 일본의 민간 종교 단체 등이 남긴 토지, 건물 등이 미군정 시기부터 기독교 지도자 개인이나 단체에 불하되었다.

이는 교회, 기독교 학교, 기독교 관련 단체로 사용되었다. 예를 들어 서울 남산에 있던 '경성신사' 터에는 평양에서 피난 내려온 기독교 계 학교인 '숭의여학교'(현재의 숭의여자대학)가 들어섰다. 기독교에 대한 특혜로 기록될 만한 사항이었다. 이 시기에는 기독교인이 영어가 가능하고 특히 미국 유학 경험이 있으면 출세와 기득권 획득의 충분 조건이라는 말이 공공연할 정도였다.

제1~3대 이승만 대통령은 크리스천으로서 감리교회인 정동제일 교회 소속이었다. 그는 미국의 영향으로 철저히 친기독교 정책을 펼 쳤다. 대한민국의 헌법은 정교분리와 종교 자유를 천명하고 있었지 만, 그 시절 기독교가 우대받는 사회 분위기는 공공연했다. 그런데 이승만 정권 시기에 한국에서는 기독교를 가톨릭과 개신교로 구분 해서 이해했다. 그 시절은 개신교 우대의 시대로 가톨릭은 오히려 차별을 받았다는 시각도 있다. 역사가들은 이승만 집권 시대를 '개 신교 준 국교시대'라고도 부른다.

이승만 집권 후 첫 제헌국회는 기독교식 기도로 출발했다. 이승 만 의장의 요청으로 감리교 목사이자 제헌의원이던 이윤영 목사가 기도를 했다. 정교분리, 종교 자유의 헌법정신을 의심할 수 있는 장 면이다. 그리고 이승만 정권은 미국 군대의 제도에 입각해 '군목제 도'를 도입하였다. 또한 형무소(현재의 교도소)의 '형목제도'도 실시했 다. 이는 국가가 특정 종교와 제휴하여 국가 기능의 일부를 공동 수 행하는 제도였다. 이승만 정권 시대 기독교 우대는 사회 곳곳에서 확인된다. 이에 부응이라도 하듯 한국 개신교는 이승만 정권을 적극 지지했고, 심지어 이승만 정권 말기 독재와 부정선거가 만연했을 때도 무조건 정권을 지원하는 태도를 보임으로써 역사의 혹독한 비판을 받은 바 있다.

✦ ✦ ✦

5.16 이후 국가조찬기도회와 청와대의 장로들

1960년 4.19혁명으로 이승만 정권이 붕괴되었다. 민주당 정권이 성립되었는데, 내각책임제였다. 이 체제 안에서 제4대 대통령 윤보선(1897~1990)은 개신교 크리스천이었고, 실권을 지닌 내각 총리 장면(1899~1966)은 가톨릭 크리스천이었다. 짧은 시기였으나, 개신교와 가톨릭의 연대 정권이기도 했다. 그러나 1년도 못 되어 1961년 5.16 군사 쿠데타로 붕괴되고 말았다.

그리고 1990년대 들어와 다시 이른바 크리스천 대통령 시대가 도래했다. 제14대 대통령 김영삼(1927~2015)은 개신교 크리스천으로서 장로교회 소속이었다. 민주화 투쟁의 경력이 있는 그는 한국 개신교계와 폭넓게 교유하였고, 기독교계의 정치적 지원을 받았다. 그에게는 여러 정치적 비판도 있지만 군사 정권을 실질적으로 종식시킨 공헌이 있다.

한편 2000년대 제17대 대통령으로 재임한 이명박(1942~)은 장로

교회 소속의 개신교인이었다. 그는 대통령 이전 서울특별시장 재직 시절부터 기독교 편향적인 언급으로 다수의 비판을 받기도 했다. 특히 대통령 취임 후 그의 내각과 비서진의 특징은 이른바 '고소영'이라는 소문이 나돌았다. 즉, 그의 출신 대학인 고려대학, 소속 교회인 소망장로교회, 출신지인 영남지역 출신자가 다수 발탁된다는 속설이었다. 이 무렵 기독교 보수 주류파의 정치 관여 행태가 더욱 가중되었다.

한편 제5~9대 대통령을 지낸 박정희(1917~1979), 제11~12대 전두환(1931~2021), 제13대 노태우(1932~2021) 등이 집권한 1960~80년대가 군사 정권 시대이다. (장기 군사 독재를 실시한 박정희는 유교적 덕목에 입각한 국민교육헌장을 발표하기도 했지만) 이들은 특정 종교를 표방하지 않거나 굳이 가깝다면 불교에 경사된 이들이다. 특히 전두환의 경우 대통령 퇴임 후 여러 정치적 책임 문제가 밝혀지는 과정에서 한때 강원도의 불교 사찰인 백담사에 은거한 적도 있다. 그러나 이들 군사 정권 시대에 한국의 주류 보수 기독교계는 이들을 민족의 지도자, 신의^{神意}에 의한 정치 지도자로 추켜세우며 지지하고 찬양한 행적을 보였다.

그 대표적 세리머니가 바로 '국가조찬기도회'이다. 박정희 군사 정권 시절부터 시작해 전두환 신군부 시대에 절정을 이루었는데, 개신교의 다수 크리스천들이 신앙적 결단으로 이들을 지지하지 않으면 안 된다는 망발을 보였다. 그럼에도 그 시절 소수의 개신교 지도자와 진보적 지식인들은 가톨릭과 연합하며 목숨을 걸고 군사 정권에 대항하는 민주화운동을 지속하였다.

15대 대통령을 지낸 김대중은 세례명이 토마스 모어인 가톨릭 신자이다. 그는 한국 현대사의 상징적인 민주 투사이자 평화운동가 이다. 대한민국은 그가 집권한 1998년 이후에야 비로소 실질적인 정치적 민주화와 남북평화 교류 시대를 열었다고도 할 수 있다. 그는 박정희 정권 시절 도쿄에서 일어난 '김대중 납치사건', 박정희 사후 전두환 신군부가 조작한 내란 음모 사건으로 인한 사형 판결 등 개인적으로도 수많은 위기를 겪었다.

그는 정치적 동지이기도 한 이희호(1922~2019)와 재혼했는데, 자신은 가톨릭 신자인 반면, 부인은 개신교인 감리교 신자로 YWCA 운동가였다. 그들은 평생 서로의 신앙적 노선을 존중하였고, 결혼 후에도 항상 자택에 두 사람의 문패를 나란히 걸어 두었다. 이는 그 시대에 보기 드물었던 부부간의 상호 존중 사례로도 유명하다.

김대중의 가톨릭 신앙은 평생을 이어온 민주화 투쟁 과정에서 가톨릭교회 그리고 그 지도자들과의 적극적인 교류와 지원의 영향도 크게 작용한 것으로 평가된다. 물론 김대중의 경우 일부 개신교 지도자들과 관계도 돈독하였고, 종교는 물론 이데올로기, 계층, 세대, 남녀 간의 평등과 호혜를 원칙으로 하는 사상이 돈독하였다.

한일 관계에서도 역사의 장벽을 넘은 김대중의 민간 교류, 대중 문화 교류의 원칙은 큰 결실을 거두었다.

한편 제18대 대통령으로 당선되었으나 도중에 탄핵으로 물러난

박근혜(1952~)는 박정희의 딸이다. 그는 아버지 박정희의 재임 시절부터 종교인 최태민과 깊이 교류한 것으로 알려졌다. 최태민은 한때 개신교 목사로도 알려졌으나 정식으로 교단의 성직 과정을 거친 행적은 확인되지 않는다. 일반적으로 여러 종교의 교리를 혼합한 신흥 종교에 입각했던 것으로 보인다. 결국 최태민 일가와 맺은 깊은 관계는 대통령 재직 시절의 '국정농단'과 각종 불법 행위로까지 이어졌다. 박근혜 또한 종교적 신념 판단과 정치적 공정성 판단의 구분이 불민했던 경우라고 할 수 있다. 그러나 박근혜 집권 시대에도 한국의 보수적 기독교 지도자들은 정치적 줄을 대며 큰 오점을 남겼다. 현재도 한국 일부 기독교계의 무분별한 정치 참여, 정치 선동 행위에 대한 문제는 여전히 넘어야 할 과제로 남아 있다.

제16대 대통령 노무현은 인권변호사 출신이다. 종교는 가톨릭이며 세례명은 유스토Justus이다. 그는 생전에 자신의 신앙 상태를 '방황'이라고 소개할 정도로 신앙을 철저하게 지키지는 못한 것으로 보인다. 그러나 그 역시 자신에게 많은 영향을 준 송기인 신부 등 가톨릭교회 성직자 일부와 깊이 교류하였고, 민주화운동과 인권 운동에서 협력했던 것으로 보인다. 노무현의 친구이자 동지로서 제19대 대통령인 문재인은 독실한 가톨릭 신자이다. 특히 그의 '멘토'라고도 하는 송기인 신부에게는 노무현 이상으로 큰 영향을 받은 것으로 보인다. 문재인의 세례명은 디모테오Timothy이다.

정교분리와 종교 자유의 민주적 법치국가에서 최고 지도자의 개인적 종교는 큰 의미가 없을 수도 있다. 그러나 종교가 여전히 정치·사회에 중요한 영향력을 미치고 있고, 특히 특정 종교의 일부 지도자와 신도들의 정치적 지지나 반대가 첨예한 한국의 상황에서 대통령의 종교는 관심의 한 항목이 아닐 수 없다.

2부

일본에서 본 일본

〈난초〉 (2022.6.)

도담삼봉의 '정자'는 일본에 없다

　한국의 집은 자연 안으로 들어가고, 일본은 자연을 집 안으로 가져온다.

　한국의 산천이 수려한 곳에는 어김없이 옛 선비들이 세워놓은 정자亭子가 있다. 한국의 전통 가옥의 앞뒤 문을 열어두면 그대로 앞내, 뒷산으로 바람이 통하며 자연과 집과 사람이 하나가 된다. 그런데 언젠가 정말 잘 지어진 전통 일본 가옥을 방문한 적이 있다. 그야말로 일본식 정원이 잘 꾸며진 집이었다. 마당에 우선 작은 산이 마련되어 있고, 연못과 폭포 그리고 다리도 있었다. 거기에 물고기가 놀며, 깊은 산중의 '바람'을 그대로 옮겨 놓은 것 같은 '작은 바람'이 정원의 작은 산골짜기를 흐른다. 자연이 축소비율로 잘 조화되어 그 집 마당 안에 다 들어앉아 있었다. 그런데 대문을 열고 나오면 그 집 안의 자연과는 상관이 없는, 전혀 별도의 세계인 마을 풍경이 펼쳐진다.

　필자는 요즘 이런 문화양식의 차이를 통해 한일의 문화와 종교, 역사의 흐름을 비교하며 생각해 나간다. 한국인은 자연의 질서에 몸

〈단양 도담삼봉島潭三峯과 정자〉 (2020. 7.)

을 의지하며 그 흐름에 그대로 일렁이는 것을 즐긴다. 그 흐름에 거스르거나 거기에서 뛰쳐나오는 것을 바라지 않는다. 그러나 일본의 문화는 자연도 '상징화'하고, '에센스essence'를 추려서 새로 자신의 품 안에 만들어 펼친다. 자연과 나를 나누고, 그것을 바라보는 자신을 더욱 중시한다.

먼 산을 바라보며 명상에 잠기는 한국과는 달리, 뜰 안에 만들어 놓은 작은 바위산을 바라보며 자신의 중심을 찾는 일본이다. 저 유명한 일본 교토 '료안지'(龍安寺)의 돌로 만든 인공 정원을 보라. 작고 정갈하게 만든 바위산을 바라보며 도道에 든다. 그런 정원을 한국에서는 본 적이 없다. 반면 깎아지른 절벽 위나 휘돌아 도는 강변이나

〈일본 교토 료안지 석정石庭〉(2022. 4.)

쏟아지는 폭포 옆 혹은 해돋이 해안에 세워진 그 많은 한국의 '정자' 또한 일본에서는 한 번도 본 적이 없다. 참 다르다.

이렇게 단순하게 비교할 수 있는 노릇은 아니지만, 일본 교토 '료안지'의 돌 정원은 한국에는 있을 수 없고, 한국 처처 곳곳에 있는 그 많은 정자들 또한 일본에서 전혀 볼 수가 없다. 한국은 자연 안에 들어가 즐기고 일본은 자연을 가져와 즐긴다. 그 대표적 일본 문화가 '분재盆栽'이다. 여기까지는 누구나 많이 생각하는 단계이다.

그래서 일본에서는 '타력구원他力救援'의 종교는 문화적으로 맞지 않는다. 스스로의 '전력투구全力投球'가 없는, '거저' 얻는 '은총'에 대해 일본 문화는 고개를 갸웃한다. 자연의 향취를 맡는 마당의 정원

조차도 상징과 기획으로 정제하여 만드는 문화에서, 아무 공덕도 없이 주어지는 은혜는 오히려 부담스럽거나 믿음직스럽지 못한 일인 것이다. 그래서 일본의 문화 전통에서는 '자력구원自力救援'의 종교가 더 설득력이 있다. 기독교라 하더라도 구원의 역사에 인간의 '선행善行'과 '신인협동神人協同'이 논의되는 일부 가톨릭 신학의 입장이나 프로테스탄트라 해도 '성화론聖化論' 등에 더 접점이 있을지 모른다는 생각이 든다. 이에 비하면 한국의 자연 수용의 문화 전통에서 '값없는 은총'을 훨씬 잘 이해하고 수긍할 수 있는 태도를 읽을 수 있다.

정원 꾸미는 일 하나를 보면서 이렇게까지 생각을 끌고 나갈 수 있을까 하다가도, 이것이야말로 종교 신앙 형성의 바탕 자리가 아닐까 한다. 결국 쉽게 말하면 '공짜'가 거의 없는 일본과, '공짜'가 비교적 많고 그것을 행복하게 여기는 한국에서는 종교, 신앙, 은혜에 대한 감각도 서로 다르다는 것이다. 내 생각이 얼마나 옳은지는 좀 더 생각하고, 토론해 보아야 한다.

한국에는 조선 후기에 '정감록鄭鑑錄' 신앙이 민간에 널리 퍼졌었다. 이는 언젠가 가까운 시기에 한국판 '메시아messiah'가 오셔서 '천지개벽天地開闢'을 이루고 민중을 구원하리라는 신앙이다. 종교학의 관점에서는 '메시아니즘messianism'을 함축하고 있는 기독교가 한국에서, 특히 민중에게 쉽게 수용되는 종교 정서적 유사점을 의미한다. 이러한 한국 민중의 '대망待望 구원론'도 기독교 수용에 어느 정도 영향이 있다고 할 수 있다.

1894년에 일어난 청일전쟁과 1904년의 러일전쟁은 일본과 중국, 일본과 러시아의 전쟁이다. 그러나 그 전장戰場은 주로 한반도였다. 특히 한국의 서북지방은 외국 군대 간의 전쟁 소용돌이에서 민중이 목숨과 재산을 부지할 수 없었고, 양쪽 군대 모두에게 수탈과 학살을 당해야 하는 처지였다. 그러나 당시의 한국 정부는 위기 상황에서 자국민을 지켜낼 힘이 없었다. 기록에 따르면, 특히 서북지역의 민중들은 서구 선교사들이 세운 기독교회, 즉 '십자가 표식' 아래 몸을 의지했다. 미국을 비롯한 서구 국가의 영향력이 살아 존재하는 기독교회에는 일본군도, 중국 군대나 러시아 군대도 손을 대지 않았다는 이유에서였다. 그리고 교회로 피신하는 민중에게 교회 공동체가 '일용할 양식'을 제공한다는 신뢰가 있었다. 실제로 이 시기에 한국 민중의 기독교 개종자 수가 급격히 증가했다. 이때 등장한 선교 용어가 '라이스 크리스천rice Christian'이다. 이러한 전통은 한국 기독교에 고스란히 남아 있고, 현대사에서는 6.25 전쟁 당시에 더욱 두드러졌다. 그리고 그것이 한국 기독교의 현세 중심, 기복 중심 신앙의 한 흐름이 되었다고도 볼 수 있다. 즉, 현실적 도움이 있는, 실제적 구원의 이익이 있는 '은혜론'이다.

한국의 역사는 중국과 불가분의 관계였다. 중국의 왕조 변혁기에는 한국 정치의 가장 큰 과제가 선린 관계善隣關係 선택의 대상對象 문제였다. 예를 들어 중국의 송宋과 원元, 원과 명明, 명과 청淸의 교체기에는 한국 내 정치 지형 역시 선택의 갈등과 혼란을 겪어야 했다. 즉, '친원'이냐 '친명'이냐, '친명'이냐 '친청'이냐가 관건이었다. 이것이 조선 시대 후기로 오면 전통적인 중국과의 관계를 고수해야 할지 고민하는 데에 더해 '친일', '친러', '친미', 친불'의 서로 다른 파벌 간 갈등 및 그 세력 균형을 통해 민족의 운명을 어떻게든 개척 해야 하는 정치 외교적 환경이 지속되었다. 현재도 남북한의 대외 관계, 국제 관계에서 선택과 집중의 문제는 여전히 중요 과제로 남 아 계속되고 있는 것이 현실이다.

이러한 정서적 흐름은 국내 정치에서도 나타나는데, 특히 남북 모두 권력의 집중화 특징을 보인다. 특수한 일인一人, 한 가문家門 중심의 혁명적 정치사를 지닌 북한은 차치하더라도, 한국의 정치적 흐름에서도 내각책임제를 비롯한 권력 분산 형태보다는 권한과 정치적 카리스마를 한 인물에 집중시키는 강력한 대통령제가 주가 되었다. 그만큼 한국 민중의 정치적 요구는 절대적 힘을 지닌 지도자에 대한 '정치 메시아니즘'이다.

한국의 민중 정서는 자연이든, 인문이든, 전체적 구도에 자신의 몸을 싣는다. 그리고 그러한 특성은 '역사적 경험의 삶'에서 터득한 지혜라고도 볼 수 있다. 자신들의 '목숨', '미래', '숙명' 등은 자연 원리나 절대적 타자의 힘으로 결정되는 것이라는 인식이다. 한국인들은 거기에 순응하는 형태의 삶의 방식과 신앙 특징이 강하다. 그러나 때로는 그러한 자신들의 운명을 결정할 절대적 권위를 스스로 생산하고, 선택하는 적극적인 개입으로 존재를 드러내기도 했다. 그리고 그렇게 스스로 선택한 그 절대적 힘에 자신들의 모든 것을 다시 맡긴다.

이에 비해 일본의 민중은 자기 책임적 요소가 강한 동시에 절대적 타자에 대한 자신들의 숙명을 의존하는 성향도 약한 편이다. 오히려 그것이 지나치게 부족하여, 사회적 일치가 어려울 정도이다. 그래서 이런 면을 극복하기 위해 근대 이후의 일본 국가는 국민 통합을 위한 작위적이고 절대적인 '권위'나 '상징'을 만들어 내었고, 이를 통해 국가주의와 전체주의를 창출하고자 하는 노력을 지속한 바 있다.

필자는 대학에서 주로 종교사 과목을 가르친다. 해마다 개강 후 첫 시간이면 학부 과목 중 100명 안팎의 학생들 앞에서 이런 질문을 한다.

"종교를 가진 이가 있는가, 아니면 종교에 관심이 있는 이가 있는가?"

돌아오는 대답은 대부분 비슷하다. 100명에 한 명 정도 종교가 있다고 대답하거나, 아니면 전혀 없다. 그리고 100에 7~8명 정도가 종교에 관심이 있다고 답하는데, 그 정도도 많은 편에 속한다. 내 강의는 종교사 나아가 직접적으로 기독교를 학습해야 하는 강좌인데도 그렇다. 그런 면에서 보면 필자는 대단히 불우한 교수이다.

종교도 없고, 그에 대한 관심조차도 없는 학생들에게 종교에 대한 관심을 불러일으키고 또 그것을 가르쳐야 하는 셈이니 벽을 바라보고 강의를 하는 형국이라고 할까, 공허한 독백을 늘어놓는 강의라 할까, 아무튼 극한 직업임에 틀림이 없다. 그런 필자의 강좌로 대

〈메이지가쿠인대학〉(2021. 12.) 저자가 재직하고 있는 일본에서 역사가 가장 깊은 기독교계 대학인 도쿄 메이지가쿠인대학, 일본에는 기독교계 사립대학은 다수이지만 교수와 학생 대부분은 무종교인이다.

표되는 일본의 대다수 젊은 세대, 특히 엘리트라 할 수 있는 집단일수록 종교가 무엇이냐고 물으면 '무종교'가 대부분이다. 지금까지는 물론 앞으로도 종교에는 딱히 관심이 없다거나 없을 것이라는 반응이 일반적이다. 그렇다면 이들의 이러한 '무종교' 현상은 역사적인 것일까? 일본은 본래부터 '무종교'의 나라였을까?

신의 나라 일본

    그렇지 않다. 종교학자들의 분류에 따르면 일본은 전통적으로나 종교문화사적으로 볼 때 엄청나게 많은 신이 있고, 또 그 많은 신을 섬기는 문화권으로 분류된다. 종교학에서는 보통 일본의 신을 8백 만으로 헤아린다. 신자信者가 아닌 신神이 8백만이라는 이야기는 이 세상 그 어떤 것도 다 신이 될 수 있다는, 다신교 최고 단계의 경우 라고 할 수 있다. 일본 종교의 기저가 되는 신도神道는 세계적으로도 대표적인 다신교 종교이다. 근본적으로 일본의 역사는 지극히 종교

〈야마구치현 사찰 도고우지〉 (2021. 12.)

적이며, 종교와 더불어 각 지역 군락의 삶이 형성되었다. 곳곳에 남아 있는 수많은 전통 제의와 축제가 대부분 다 그 흔적이다. 더구나 외래 종교라 할 수 있는 불교 역시 일본에 들어와 그 기반에서 다시 꽃을 피웠다. 오랜 역사를 자랑하고, 특색과 규모를 뽐내는 일본의 불교문화 역시 독특한 것이 아닐 수 없다.

그러나 일본을 종교와 신의 나라(神國)라고 하는 특징이 모두 역사적 측면만으로 설명되는 것은 아니다. 지속적인 신종교의 생산, 현재까지 횡행하는 일부 유사 종교의 사회적 범람 현상도 일본의 종교 문화적 특성을 드러내고 있다. 다시 말해 일본은 종교적으로 지극히 민감한 사회이다. '신도'는 헤아릴 수도 없는 여러 신들을 섬긴다. 그리고 지금도 계속하여 신이 생겨나는 문화이다. 경우에 따라서는 앞으로 만화의 '캐릭터'나 '로봇'이 신이 될지도 모르는 가능성이 전혀 없지 않다. 그리고 하나 더, 1995년 3월 20일 도쿄 한복판에서 벌어진 '옴진리교'의 사린 가스 테러로 전 세계를 놀라게 한 나라이다. 아사하라 쇼고(麻原彰晃)라는 수준 이하의 '종교적 카리스마'가 수많은 평범한 사람들은 물론 일부 엘리트 지성인까지 극단적으로 세뇌시킬 수 있는 사회가 일본이다. 한국에서는 사실 변방에 머무르는 통일교가 일본에서는 보통 사람들 다수를 현혹시켰고, 그들의 희생을 기반으로 일정한 세력을 형성하였다. 지금도 일본 사회는 새로운 종교적 창안과 활력이 힘을 발휘하는 사회이다. 수많은 신흥 종교가 활동하고 앞으로도 생산될 가능성이 높은 사회가 일본이다.

종교의 나라에서 무종교의 나라로

일본의 근대 국가는 '근대 천황제 이데올로기'를 창출하면서 등장했다. 강력한 일본의 중앙집권적 국민 통합 이데올로기로는 최고의 유효성을 지녔을 뿐만 아니라 '초종교'의 수준으로 자리해 모든 종교적 권위를 초월하고 압도했다. '신도'에서 분리된 '국가신도'는 '비종교'로 규정되었다. 그러나 그 실제 위상은 '종교 위의 종교'로 온 국민의 숭앙 대상이 되었다. 그리고 근대일본은 급속히 세속 문명을 받아들였다. 빠른 속도로 모든 전근대적 사고를 뛰어 넘어 과학과 합리적 이성의 인간 문명에 집중하였다. 종교는 '비합리'이거나 '초점 밖의 요소'가 되었다. 이는 지성적 훈련의 수준에 정비례하였다. 지식인 엘리트일수록 종교는 열외이고, 이성과 과학이 중시되었다. 종교는 점점 전통으로서 문화의 구색을 맞추는 정도에 머물렀다.

인간은 종교적 존재이며, 종교는 인간의 선택이 아니라 필수 영역이다. 자신을 '무종교'요 종교에 관심이 없는 존재로 여길 때 종교의 개념은 대단히 좁은 개념이다. 즉, 그리스도교, 불교, 이슬람교, 유교, 신도, 토속종교, 신종교 등등 그런 구체적 현상 종교 집단에 소속되었느냐 아니냐, 그런 종교에 관심이 있느냐 없느냐로 판단하는 측면이다. 그러나 종교를 조금 넓은 범주로 본다면 자신에게 종교가 없다는 무종교인에게는 바로 그 '무종교'가 그들의 종교라고 할 수 있다. 그리고 '무종교'라고 하더라도 '유신론적 무종교'와 '무신론적 무종교'로 다시 구분할 수 있다. 더 나아가면, 인간은 본질적으로 종교적 존재이어서 단순히 좁은 의미의 신앙이나 종교적 생활로만 기준 삼아 구분할 수 없다. 한 인간이 살아가는 일상 가치의 바탕과 더하여 궁극의 가치관 그리고 최종적 삶의 선택, 죽음에 대한 견해, 역사와 사회에 대한 전반적 이해와 행동 준거, 때에 따라서는 자신이 가장 소중하게 여기는 것 등등을 모두 종교라는 관념의 범주에 넣을 수 있기 때문이다.

현실적인 측면도 있다. 일본은 현재 세계적으로 '무종교' 정체성을 지닌 인구가 많은 나라, 더구나 젊은 세대 대부분이 그런 자기 인식을 하는 국가이다. 그러나 일본의 국경을 벗어나는 순간, 이웃 한국은 반수 이상의 인구가 종교를 가졌다고 답하는 상황이다. 또한 열의 깊은 신앙심으로 종교적 가치가 스스로의 삶을 좌우하는, 궁극성의 지수가 대단히 높은 종교 신앙인이 다수인 나라이다. 중국의 경우는 많은 인구가 여러 요인에 의해 최근 종교 인구로 급격히 이동하는 현상을 보인다. 그리고 문화적·지리적으로 깊이 연관된 아시아 일대에서는 '무종교'라고 하는 개념이 무엇인지 모르는 경우도 있을 정도로 거의 전체 인구가 특정 종교 내의 영역에 편재되어 있다. 불교와 이슬람교가 양대 산맥을 이루고 있는 동남아시아와 중앙아시아, 힌두교가 전체를 주도하는 인도, 이슬람교의 종주인 서아시아 중동이 잇닿아 있는 것이다.

일본의 젊은 세대와 유사한 종교 인식이 많다고 평가할 수 있는 구미 여러 나라의 경우를 비교해 볼 수는 있으나, 그들은 전통적인 기독교 정체성에 철저히 근거하고 있어서 그 경우가 다르다. 일본의 대세인 '무종교'를 하나의 종교라고 전제하지 않는다면 일본 문화의 세계와의 소통, 세계인과의 커뮤니케이션에 심각한 장벽이 가로놓일 가능성이 있다. 이런 이유에서 일본의 '무종교 현상'도 하나의 독특한 '종교 현상'으로 상정하는 것이 필요하다.

◆ ◆ ◆

정치는 종교 없이는 설명이 안 된다

세상과 역사를 '정치'로 볼 수도 '경제'로 볼 수도 '문화'로 볼 수도 있고, '종교'로 볼 수도 있다. 물론 그밖에도 달리 볼 수 있는 영역이 많다. 그래서 그들 각 분야의 '눈'은 역사에서 각각 나름의 '사관史觀'을 만든다. 사관이란 단순한 물리적 시점에만 머물지 않으며 때로는 신봉되는 '이데올로기'이기도 하다.

필자는 간혹 세상과 정치를 종교의 관점으로 본다. 혹자는 말한다. 종교로 볼 수 있는 것이 얼마나 될까? 특히 종교적 가치가 거의 무너져 내리고 있는 현대 문명의 시대에서 누가, 아니 다수가 종교 같은 것에 관심이나 있을까? 이런 논조는 일본에서 더욱 짙다. 종교에는 아예 관심이 없다. '무종교' 아니 더 나아가 '무신론' 사회이다.

그런데 그 '무종교'와 '무신론'을 하나의 '종교적 신념'으로 보는 것을 전제로 해 본다.

'종교적 신념'이란 제한된 개인의 영역에서 복을 빌고, 윤리를 세우고, 죽음 이후의 불확실성을 담보하는 분야, 즉 '생명보험' 같은 개념에만 머물지 않는다. '정치'의 '내면'이 되고, '경제'의 '동력'이 되며, 보이지 않게 '문화'의 '우상'도 된다. 그리고 극한 '전쟁'의 '배경'도 되고, 비극적 '인류 파국'의 원인도 된다. 부정적 '예언'의 근거도 되며, 빛나는 '미래'의 비전이 되기도 한다.

찬찬히 돌아보자. '정치'를 '정치'로 설명하기가 더 쉬운지, '종교적 신념'의 현상으로 설명하기가 더 쉬운지. 아랍 도처에서 진행되고 지금도 계속되는 '전쟁', 꽃다운 청년들의 '자살폭탄', 천황 폐하의 은덕을 구가하며 꽃잎처럼 눈발처럼 가녀린 몸을 날린 '가미카제(神風) 특공대', 종교적 신념보다 더한 '분노'로 형제와 부모에게 총부리를 겨누어야 했던 '동족상잔'의 한국전쟁, 정치적 카리스마라고는 도무지 찾을 수 없는 수많은 역사의 '독재자'들 그리고 그들을 향한 '군중의 함성'과 '반역', 도대체 그것을 정치만으로 어떻게 설명할 수 있는가. 결국은 그것이 '종교'이거나, 아니면 적어도 '유사 종교'에 준하는 것으로 이해할 수밖에 없다. 역사는 그렇게 점철되었다.

현대 정치의 한 특징으로 '밥상'을 잘 차려줄 수 있는 지도자에게 대중이 집중하는 현상을 이야기한다. 그래서 '경제적 함수'와 '정치적 리더십'의 관계를 적절한 상관관계로 해석한다. 일리 있는 말

한일관계 갈등의 한 원인이 되고, 일본 국가신도의 흔적으로 정치와 종교의 혼재를 상징하는 도쿄 야스쿠니신사

이다. 그러나 원래 '민중'에게 '밥'은 '종교'이다. 그리고 때로는 '굶어도 배부른 환각'이 '종교'이다. '정치'는 '종교적 패러다임paradigm'에 의지하지 않고는 아무것도 할 수 없다. 다만 지금 필자가 말하는 '종교'는 크고 넓은 개념의 '종교'이다. 우리 개인들에게 '종교'가 있든 없든, '종교'로 세상과 역사를 읽어보기를 권한다. 생각보다 아주 잘 보인다. 그만큼 중요한 '동력'이다.

✦✦✦
결국 종교의 나라, 일본

그런데 개인, 공동체, 문화권의 종교적 감수성이나 성향을 형태적으로 구분해 볼 수 있다.

한 개인이나 공동체가 현재 상황을 최고의 순간으로 인식하고, 가장 좋은 이상은 현재의 상태를 유지하고 지속하는 데 있다고 믿는다고 전제하자. 그것을 'M타입'으로 부르겠다.

그와는 달리 지금 현재는 극심한 고통의 때이고 말도 안 되는 순간이며, 사실은 지나간 어느 때를 "그때가 최고였다"고 생각하는 부류는 'P타입'으로 하겠다. 지난날의 영광을 부르짖고 그때 그 시절로 돌아가기를 원하는 부류이다.

지금의 고통은 말할 것도 없으며 지나가 버린 때조차 극한의 시간이었고, 오직 언젠가 새 세상이 와서 천지가 개벽할 혁명의 때가 오기를 기다리는 부류가 있다고 치자. 그들은 'F타입'이라고 부르자.

과연 이들 중 우리 자신, 우리 공동체는 어디에 속하는가? 종교적 감수성으로는 'F타입'이 가장 강력한 타입이다. 이들이야말로 진정 '메시아'를 기다리고, 새로운 세상의 새로운 카리스마를 찾아 헤매거나, 아니면 '천지개벽'을 꿈꾸는 이들이다.

비교하자면 한국 종교문화의 한 특징은 역사적으로 'F타입'이 다수인 특성이 강하다. 그러나 일본도 뒤지지 않는다. 신종교가 득

세하는 일본도 'F타입'이 강한 특징이 엿보인다. 일본도 결국 종교
의 나라인 것이다.

"도쿄는 아시아의 파리와 같았다"

구라타 마사히코(藏田雅彦)는 그의 나이 40대이던 1980년대 후반
에 한국 유학을 왔다. 그는 도쿄(東京)대학 출신의 엘리트로, 일찍이
국제적인 인권 운동에 깊은 관심을 지니고 일본 국내외에서 활동하
던 적극적인 사회 활동가였다. 그런 그가 역시 사회 운동에 열심이
던 재일교포 크리스천 지도자의 영향으로 스스로 크리스천이 되고,
양국의 그리스도교 역사를 공부하기 위해 필자의 모교인 연세대 대
학원으로 유학을 왔다. 이로 인해 같은 분야를 연구하던 필자와 자
연스럽게 만났다. 그러나 당시만 해도 필자는 전공 관련 자료를 통
한 사실 관계 확인 정도에 머물 뿐, 일본이나 일본인에 대한 특별한
관심이 없었다. 물론 일본어도 전혀 못 했다.

그러나 구라타 마사히코와 필자는 그의 유창한 한국어를 통해
깊이 대화하고 마음을 나누었다. 그리고 마침내 우리만의 사사로운
한일 관계를 형성해 나갔다. 함께 공부하는 전공 이야기, 한일 두 나
라의 미래, 마침내는 서로가 살아온 개인적인 삶의 이야기까지 진지
하게 나누었다. 거의 매주 혹은 그 이상을 만나며 공부도 공부이지

구라타 마사히코(蔵田雅彦, 왼편)와 필자

만 함께 놀고 우정을 쌓았다. 친구로 그리고 형제로까지.

1980년대 후반 한국에서 상당히 인기 있었던 대중가요 가수로 이문세가 있다. 그의 히트곡 중 〈난 아직 모르잖아요〉라는 노래는 구라타 마사히코가 거의 유일하게 완창할 수 있던 한국 노래였다. 필자가 운전하는 자동차를 탈 때면 그는 어김없이 그 노래 테이프를 자동차의 카세트에 밀어 넣고 필자와 함께 목소리를 높여 이 노래를 불렀다. 젊은 시절 반체제운동을 하면서 아일랜드로 가 그곳 청년들과 교류하고, 기타를 치며 거리의 가수로 지냈다는 경력에 걸맞은, 정녕 아마추어 가수이기도 했다.

세월이 흘러가면 어디로 가는지/ 나는 아직 모르잖아요/ 그대 내 곁에 있어요/ 떠나가지 말아요/ 나는 아직 그대 사랑해요….

마침내 구라타 마사히코는 1989년 초 유학을 마치고 일본으로 돌아갔고, 오사카의 모모야마가쿠인(桃山学院)대학의 교수가 되었다. 그리고 바로 그 해 그의 적극적 주선으로 필자는 일본 교토의 도시샤(同志社)대학으로 유학을 갔다. 그는 필자의 유학 시절의 기쁜 일, 어려운 일 모두를 함께했다. 그러나 영원할 것 같던 그와 필자의 관계는 구라타 마사히코의 암 발병과 투병 그리고 그의 나이 50이 되자마자 찾아온 가슴 아픈 이별로 끝났다. 그래도 그는 필자의 가슴과 삶 속에 언제까지나 살아있다.

◆ ◆ ◆
또 한 사람의 '마사히코'

그런데 구라타 마사히코가 서울에서 필자와 함께 지낼 즈음 필자는 또 한 사람의 마사히코를 만났다. 곧 사와 마사히코(澤正彦)이다. 그는 구라타 마사히코의 도쿄대학 선배였으며, 한일 국교 정상화 직후 거의 최초의 일본인 유학생으로서 필자의 모교 연세대학교에 유학을 왔던 기독교 목사였다. 그는 해방 후 최초의 한일 민간 교류의 당사자로 당시 한국 기독교의 사회운동, 민주화운동에 깊은 관심을 가지고 협력하였다. 그러다가 결국 박정희 군사 독재 정권에 의해 한국에서 추방되는 수난을 입기도 했다.

그러나 그는 어려운 유학 시절이었음에도 연세대학교 동창과 사랑하고, 결혼까지 하는 아름다운 한일 관계도 만들었다. 그의 아내 김영金纓은 일본에서도 유명한 수필가 김소운金素雲(1908~1981)의 딸이다. 수필가 김소운은 한국인들에게 「가난한 날의 행복」이라는 수필로 유명하다. 백수白手인 남편이 끼닛거리가 떨어져 고된 일을 나가는 부인에게 아침밥을 챙겨 먹이지 못했다. 아내에게 점심시간에 꼭 들르라고 당부하고는 이웃에 쌀 한 움큼 변통하여 밥은 지었으나 찬이 없었다. 그래서 흰 쌀밥 한 그릇에 간장 한 종지를 상에 올려놓고, '왕후의 밥, 걸인의 찬'이라는 메모를 두어 아내를 감동시켰다는 작품이다.

한국 정부로부터 추방된 이후 일본과 미국에서 목회와 학업을 계속하던 사와 마사히코가 1980년대 후반 서울의 한 대학의 초빙을 받아 일정 기간 강의하고 있을 때, 필자는 두 사람의 마사히코와 서울에서 자주 만났다. 사와 마사히코는 한일 간에 민간차원의 교류와 관계 형성의 산증인이자 적극적인 활동가였다. 그는 특히 한국 민주화운동에서 일본의 동지들이 한국의 투쟁가들을 지원해 나간 역사에 대해 필자에게 상세히 들려주었다. 그리고 무엇보다도 한일 관계의 미래를 위해 서로가 무엇을 해야 할지 자신의 소회를 밝혔다. 그를 통해 필자가 미처 알지 못했던 한일 간의 긍정적인 역사를 만들기 위해 움직이고 있는 사람들을 알게 되었다. 그러나 사와 마사히코도 암 발병으로 49세의 젊은 나이인 1988년, 한일 간의 과제를 미완으로 남긴 채 우리와 작별하고 말았다.

+ + +

재일교포 한석희인 동시에 일본인 니시하라(西原), 그의 삶

한석희韓晳曦는 누구인가. 그가 세상을 떠났을 때, 필자가 남긴 추모의 글 일부를 발췌하는 것으로 설명을 대신한다.

… 그는 3.1운동이 일어난 해인 1919년 제주도에서 태어났다. 7세 때에 양친과 함께 일본에 왔다. 힘든 시절을 보내면서도 계속 학업에 뜻을 두었고, 전쟁 시기 교토의 도시샤대학에서 공부했다. 한 때 사회주의에 심취하였고, 해방 후 일정 기간 '조총련'에서 활동하며 북한에 정착할 생각도 했다. 그러나 결국 전향하였고, 기독교인으로서도 널리 활동했다. 고베神戸에서 '고베학생청년센터', '고베YMCA'등을 중심으로 활동하였다. 그리고 기독교역사 연구가로도 큰 흔적을 남겼다. 그러나 그의 삶의 여건상 학자로서의 삶에만 머물 수 없었다. 사업가로서도 헌신하여 성공을 거두기도 했다. 이것을 바탕으로 역사 자료의 수집, 학술 활동의 지원에도 크게 공헌했다. 이를 기반으로 '청구문고'라는 자료실과 학술지원 기관을 설립했다. 그 청구문고 안에 조선민족운동사, 재일조선인운동사, 그리스도교사 연구회를 설립, 자신의 연구 관심의 실현과 후배 지원에 나섰다. 그의 개인적 학문 성과가 인정받아 1997년에는 모교인 도시샤대학으로부터 박사 학위를 수여 받았다.

—서정민, 「한석희 박사 영전에」, 『청구문고월보青丘文庫月報』, 127
호 (1998. 3. 3.)

　필자는 유학 이후 줄곧 한석희의 도움을 받았다. 매월 청구문고
에서 열리는 연구회에 참석해 함께 공부하며, 물심양면 지원을 받았
다. 그는 필자의 유학 시절 든든한 후원자였다. 그 과정에서 그는 연
구회 회원들과 함께 필자의 첫 저서를 일본어로 번역, 출판하기도
했다. 또 그와 필자의 모교인 도시샤대학의 동문이자, 필자의 한국
모교인 연세대학의 동문이기도 한 시인 윤동주의 시비를 도시샤대
학 교정에 세우는 일에도 큰 공헌자가 되었다. 1998년 그 역시 세상
을 떠났지만, 한일 간의 접경을 살아간 인물로서 그만한 흔적을 남
긴 이도 드물다. 필자에게 그는 한국인이자 일본인이며, 한일 간의
실존을 공유하고 있는 존재로 기억되어 있다.

　한편 고베에는 앞서 언급한 바 있는 '고베학생청년센터'가 중심
이 된 활동이 크게 주목을 받고 있었다. 시민운동 단체로서 지역사
회 활동 이외에도 한일 간을 연결하는 연구, 교류, 협력 활동의 중추
역할을 담당했다. 특히 관장(현 이사장) 히다 유이치(飛田雄一)를 중심으
로 이미 긴 역사를 자랑하며 활동하고 있는 '무궁화회'는 한국을 알
고, 한국을 즐기는 모임이다. 이 모임은 한국어를 공부하고, 한국 음
식을 맛보며, 정기적으로 한국을 여행하는 활동을 하고 있다. 그들
이 만난 많은 한국인들은 반대로 일본을 만나게 되었으며, 한일 간

의 긍정적 관계를 만들어 나가는 사례가 되고 있다.

◆ ◆ ◆

잡지 「세계」에 익명으로 '한국으로부터의 통신'을 연재한 'T·K생'

앞에서 소개한 두 사람의 '마사히코'를 한국 유학으로 인도하거나 크리스천이 되도록 한 인물은 재일교포 인권운동가이자 목사인 이인하李仁夏이다. 그는 오랫동안 도쿄와 가와사키(川崎)에서 목회했다. 특히 재일교포가 일본인과 잘 어울려 살며, 나아가 다른 외국인이나 마이너리티들과 더불어 사는 운동을 해 왔다. 그뿐만 아니라

2015년 6월 20일, 메이지가쿠인대학에서 강연 중인 T·K생 지명관 선생과 사회를 보는 필자

한국의 민주화와 통일운동에도 크게 기여하였다. 그의 영향력은 아직도 재일교포 사회와 한일 간에 큰 울림으로 남아 있다.

한편 한일 현대사에서 가장 중요한 '팀스피릿team spirit'으로, 군사독재 정권에 저항한 한국인들의 민주화운동에 일본의 동지들이 적극적으로 협력한 일을 들 수 있다. 그 한가운데에 망명 교수 지명관池明觀(1924~2022)*이 있다. 민주화운동 전력 때문에 한국 귀국 후 신변이 위험해질 수 있는 그를 일본의 친구들은 도쿄에 머물게 했다. 그리고 도쿄여자대학 교수로서 가르치며 자신의 일을 지속할 수 있는 기반을 마련해 주는 등 무려 20년 이상 도쿄에서 활동하도록 도왔다.

그는 이른바 "한국으로부터의 통신"이라는 글을 잡지 「세계世界」에 비밀 필명 'T·K생'으로 연재했다. 이는 한국의 자료를 받아 한국의 운동 상황과 그에 대한 인권 탄압의 문제 등을 일본과 세계의 동지들에게 알리고 여론에 호소하는 내용이었다. 이는 그야말로 한일 양국 동지들에게 007작전을 방불케 하는 일이었다. 그 필자가 누구였는지는 2003년 지명관 스스로 밝히기 전까지 아무도 모르는 천하의 비밀이었다. 그들 한일 동지 간의 의리는 당시 악명 높았던 한국의 중앙정보부(KCIA)의 집요한 추적도 거뜬히 따돌릴 수 있었던 것이다.

---

* 이 칼럼집을 준비하는 동안이었던 2022년 1월 1일, 필자에게 큰 영향을 주었던 T·K생 지명관 선생이 98세를 일기로 별세하였다. 필자로서는 누구보다 큰 상실감을 느낄 수밖에 없었다.

✦✦✦
'한일 관계'는 한 사람의 친구로부터 시작된다

이때 한일 간 동지들의 힘을 모아 민주화와 인권, 통일운동에 함께 나선 이들로 오재식吳在植(1933~2013, 기독교 사회 운동가), 김관석金觀錫(1922~2002, 기독교 목사, 민주화운동가), 강문규姜文奎(1931~2013 기독교 사회 운동가) 등등의 이름을 거론하지 않을 수 없다. 또한 이들의 친구이자 협력자로서 쇼지 츠도무(東海林勤, 일본 기독교 목사, 사회 운동가), 모리 헤이타

〈도쿄 별이 빛나는 밤〉(2022. 3.)

(森平太, 본명 森岡巖, 일본 기독교 출판인, 사회 운동가) 등의 일본인도 떠올리지 않을 수 없다. 이들에게는 그들 한 사람 한 사람이 모두 일본 그 자체이자 또한 한국이었기 때문이다. 이 시대 도쿄에서 비롯된 한일 협력의 지평에 대해 지명관은 도쿄 메이지가쿠인대학의 강연에서, "도쿄는 가장 선한 기운이 잉태되고 발송된 아시아의 파리와 같았다"(2015년 6월 20일)고까지 표현했다.

가끔 한국인에게 일본은 무엇인가라는 질문을 받는다. 반대로 일본인에게 도대체 한국은 누구인가라는 질문도 받는다. 양국 정상도, 양국의 정치 지도자도 물론 아니다. 그렇다고 양국 미디어의 일방적인 목소리도 아니다. 물론 무책임하게 난무하는 파도 같은 인터넷의 여론도 아니다. 오직 실존적 한일 관계는 마주 보고 선 한 사람의 일본인이며, 한 사람의 한국인이다.

정치와 종교적 카리스마

북한 김정은의 제1차 방중(2018년 3월 25일~28일)은 그 선대 때와 마찬가지로 안개 속에서 비밀리에 이루어졌다. 특별열차가 북한에서 중국으로 들어갔다는 뉴스, 북경 일대에서 국빈급의 삼엄한 경호가 감지되었다는 보도가 이어졌다. 그리고 조심스럽게 북한의 김정은이거나 최고위급 인사가 중국을 방문한 것으로 추측하는 기사가 떴다. 그리고 마침내 김정은이 북경을 떠나 귀국길에 오른 3월 27일 이후에야 그가 중국에 왔던 사실이 보도되기 시작했다. 이는 중국 미디어나 북한 미디어나 모두 마찬가지였다.

왜 그랬을까. 이는 김정은만의 사례가 아니다. 그의 부친인 김정일과 김씨 권력의 비조라 할 수 있는 수령 김일성 주석 시절에도 마찬가지였다. 그 이유는 절대 권력의 공백을 사전에 혹은 실시간으로 공표하는 위험성을 차단하기 위한 방법이라고 한다. 즉, 최고 권력자가 수도 평양을 비운 사실을 비밀에 부치는 것이 안전하다는 권력 안위의 문제로서 북한의 혈맹인 중국도 양해해 온 사실이다. 그러나 여기에서 한 가지 관점을 덧붙이자면 이는 종교적 특성을 강하게 지닌 절대 권력의 신비주의이자 카리스마적 행보라는 점이다.

마침내 김정은의 제1, 2차 남북정상회담(2018년 4월, 5월), 제2, 3차 방중(2018년 5월, 6월) 그리고 북미정상회담(2018년 6월)에서 그의 행보가 공개되기 시작했고 심지어 실시간으로 생중계되기까지 했다. 공개 적으로 항공기를 이용한 이동 방식도 특기할 만한 사항이지만, 동부 인하여 외국의 정상을 만난 사실은 전에 볼 수 없던 커다란 변화였 다. 이를 '정상 국가'로의 전환이라고 평했다.

정상 국가의 의미를 여러 가지로 분석할 수 있겠지만, 여기서는 정치 카리스마의 종교성 극복에 맞추어 들여다보자. 과연 현재 30 대의 김정은이 북한의 최고 권력으로 군림하는 것을 무엇으로 설명 할 수 있을까. 그의 탁월한 능력이나 리더십 아니면 단순히 왕조 세 습과 같은 유형으로도 이해할 수는 있으나, 보통의 현대 국가에서는 이러한 일이 그렇게 흔한 것은 아니다. 그의 선대인 김일성 주석이 나 김정일 위원장의 통치 시절과 그들의 죽음 이후에 보인 북한 인 민의 반응, 집단 상실감의 표출이나 패닉 현상 등을 종합하면 이는 철저한 종교적 카리스마의 특성으로만 이해할 수 있다. 북한 정치의 수뇌부는 정치적 집권 세력인 동시에 종교적 권위 구현의 구조이다. 이른바 '백두혈통'이라고 부르는 젊은 김정은과 김여정의 절대 권위 와 힘의 행사, 김정은 집권 이후 이복형인 김정남의 살해, 고모부 장 성택의 처형마저도 단순하게 정치적 권력 투쟁의 사례로만 볼 수는 없다. 신성불가침의 권위를 계승하기 위한 종교적 카리스마의 극단적 구현 방식인 것이다. 종교적 카리스마는 절대적이며 제약이 없지만, 때로는 초조하고 민감하다. 그런 예는 가까운 역사에서도 쉽게 찾을 수 있다.

♦ ♦ ♦

정치권력과 종교적 권위

파시즘 절정기의 일본 고등경찰은 기독교 신앙인에게 철저했다. 특히 말세, 재림신앙에 투철한 기독교인들을 불러 심문하였다. 이러한 일은 식민지 조선에서도 비일비재했다.

> 문: 천황 폐하도 예수에게 복종하지 않으면 안 되는가?
> 답: 이 세상 속의 인생, 인간 중에는 천황 폐하도 포함됩니다.
> 문: 도대체 왜 천황 폐하도 예수에게 복종하지 않으면 안 되는가?
> 답: 예수는 하느님의 아들로서 보통의 인류와 비교할 수 없습니다.
>   따라서 천황 폐하보다 위대한 존재로 생각합니다.
> ―「조선성결교회 신도 박윤상朴允相의 사법경찰 심문조서」 중
> (1941. 8. 6, 강원도 금화경찰서)

이미 당시의 천황제 이데올로기와 파시즘 정권은 정치의 종교화로 진행되어 있었고, 정치적 카리스마와 종교적 카리스마는 구별되

지 않았다. 최고 권위는 하나이며, 그 아래 모든 것이 복속되는 것은 당연한 일이었다. 그렇기 때문에 천황 폐하와 대일본 제국은 신성불가침의 가치로 신봉되었다. 거기에는 어떠한 반기도 용납될 수 없으며, 그런 사상적·신앙적 반동의 단서만으로도 치안유지법, 불경죄 관련법, 더구나 다음과 같은 반전사상反戰思想이 엿보일 시에는 육군형법으로도 그들을 치죄治罪할 수 있었다.

위의 심문은 다음과 같이 이어진다.

문: 말세라는 것이 무엇인가?

답: 이 세상의 종말을 뜻합니다.

문: 대일본 제국이 지나(중국)와 전쟁 중이니, 지금이 바로 말세인가?

답: 중일전쟁만이 아니라, 유럽 각국도 전쟁 중이니 지금이 말세라고 생각합니다.

문: 피의자는 말세가 이 세상의 종말이라고 하니, 지금이 말세라면 곧 세상의 종말, 즉 전쟁 중의 각국이 멸망한다는 말인가?

답: 그렇습니다. 말세는 천지개벽의 사건이기 때문에 국가라는 것이 남아 있을 수 없으며 모두 망하고, 신천신지新天新地의 예수의 지상천국地上天國이 건설됩니다. 따라서 지금 전쟁 중인 나라들은 모두 멸망한다고 생각합니다.

―위와 같은 심문조서 중

박윤상의 신앙 기조는 현대로 보면 특정 종파의 사설邪說로 취급될 정도로 비정상적이다. 그러나 천황은 현인신現人神이요, 대일본 제국은 영원한 신성 제국이던 시대 인식으로 보면, 단순한 비정상을 넘어 극렬한 반동이며 처단해야 할 위험 사상이었다.

종교적 카리스마를 내포하고 있던 대일본 제국, 같은 시대 한국 장로교 지도자인 손양원孫良源이 검찰 심문에 내놓은 대답은 다음과 같았다.

천조대신은 우리의 신이라고 하나 여호와 신의 명령과 지배를 받아 일본국에 강림한 것입니다. 따라서 세계 인류의 시조는 여호와 신이며, 천조대신은 여호와 신의 지배하에서 행동해 온 것입니다. … 천황 폐하는 인간입니다. … 천황도 여호와로부터 목숨과 만물, 국토와 인민을 통치하는 지위와 통치 권력을 받은 것입니다. 현재 우리나라의 국체, 사유재산제도는 예수의 초림初臨으로부터 재림再臨까지, 즉 말세기의 잠정적이고 가정적假定的인 것으로 예수가 재림하면, 모두 파괴되고 소멸하여 무궁세계가 실현되는 것입니다. 천황을 '현인신'으로 보는 것은 불가합니다. 일본의 천황도 불신자라면 일반 불신자와 같이 그리스도가 지상에 재림할 때 감옥에 가두고, 악마인 천황 통치 제도는 모두 없어지고 그리스도 국가로서 변혁될 것입니다.

— 「손양원의 검찰 심문조서」 중 (1941. 5. 24.)

〈일본 설국의 들판〉 (2022. 2.)

손양원은 검사의 지속되는 질문에 당시로서는 목숨을 걸고 다시 다음과 같이 진술했다.

천조대신 및 역대 천황은 신격神格이라고 하나, 여호와 신은 아닙니다. 따라서 그 신사에 참배하면, 여호와의 십계명을 지킬 수 없습니다. 지금의 천황 폐하는 신이 아니지만, 훌륭한 존재로서 존경을 금할 수 없습니다. 최후의 심판에서 세계 각국은 멸망할 것이며, 일본국도 망할 것입니다. 따라서 천황 폐하도 불신자라면 그 지위를 상실하고, 다른 불신자와 함께 불타는 지옥에 들 것입니다.
—위와 같은 검찰 심문조서 중

당시 일본의 정치는 종교적 카리스마가 근간이었다. 헌법과 법률로 신교信教의 자유를 말하고는 있었지만, 그것은 어디까지나 천황의 신민으로서의 의무와 사회 치안의 유지에 방해가 되지 않는 조건 아래에서만 가능한 것이었다(일본 제국 헌법, 1889, 제28조).

한국 기독교인들의 신사참배 반대 수난과 천황 숭배 위배를 치죄한 것은, 한편으로 종교적 카리스마에 기초한 정치권력이 행한 강력한 반동 처단이기도 했다. 파시즘 절정기의 대일본 제국 정치권력은 근대 가장 대표적인 종교 카리스마였음에 틀림없다.

3부

●

새로운 한일 관계를 위하여

〈난화분〉 (2022. 6.)

정치는 문화보다 좁다. 이데올로기, 때로는 문화의 근간이라는 종교도 대중의 문화적 표현 아래 놓일 때가 많다. 경제도 문화의 지향성에 따라 크게 좌우된다. 대중 사회를 지배하는 에너지의 대부분은 문화적으로 표출되며 그것이 다시 사회의 흐름을 촉진한다.

한일 관계도 여러 부분에서 성찰해 볼 수 있지만 현대 문화, 특히 대중문화의 관점에서 논의해 볼 수도 있다. 필자는 현대 한일 문화 교류의 장벽이 쳐져 있던 당시와 그 이후를 연속으로 체험한 세대이다. 주관적 경험이기는 하나, 그 경험을 바탕으로 교류 전후의 체험을 회상하면서 앞으로 두 차례에 걸쳐 한일 간의 대중문화 교류가 품고 있는 역사적 의의에 주목해 보려고 한다.

◆ ◆ ◆

1970년대 말 신촌의 옛날식 다방

필자의 대학 시절 거의 끝물이던 '옛날식 다방' 이야기를 조금

해 볼까 한다. 당시 필자가 다니던 대학의 정문을 나와 큰길을 건너 철길 굴다리를 지나기 직전에 좌우로 허름한 다방이 둘 있었다. 오른쪽이 '세전다방', 왼쪽이 '드림보트dream boat'였다. 강의가 없는 시간이나 약속을 잡을 때는 대개 이 두 곳 사이에서 망설이다가 한 곳에 들어가곤 했다. 그렇지만 둘 다 마음에 들지 않아 굴다리를 지나쳐 가면 또 다른 세계가 펼쳐졌다.

길 왼쪽에는 당시 우리 대학 학생들의 전통의 아성牙城이던 '독수리다방'이 나오고, 바로 그 건너편 이층에 아담하면서도 깨끗한 '캠퍼스다방'이 있었다. 그 방향에서 몇 미터 더 내려가면 이름도 촌스러운 '꽃다방'이 있었다. 이름은 그래도 내부는 시원하게 넓은 데다

〈연세대의 봄〉(2022. 4.)

가, 규모 있는 '뮤직 박스'도 갖추고 '준'이라고 부르던 '디스크자키'가 활동했던 곳이었다. 그리고 다시 길을 건너 지금의 명물 거리 교차로를 건너면 왼편으로 '다방'도 있고, '펍'도 있고, 심지어 '목욕탕'도 딸린 '대야성大野城' 건물이 나온다. 거기에 있던 대야성다방은 당시 그 거리에 있던 다방 가운데 가장 넓지 않았을까 싶다. 물론 필자의 기억에 의존하니 다를 수도 있지만. 아무튼 그럼에도 당시 이 거리의 다방 중에서 제일 유명한 다방은 따로 있었다. 필자가 다니던 대학의 학생들뿐만 아니라 타교 학생들도 신촌에서 우리를 만나던 당시, 제일 유명했던 다방은 '대야성' 지나 조금 더 내려가 '홍익문고' 못미처 있던 '복지다방'이다.

입구는 그렇게 넓지 않았지만 들어서면 한참을 길게 들어가는 긴 공간을 자랑하는 곳이었다. 저 안쪽에 깊이 들어가 앉아 있으면 사람 찾기가 쉽지 않았다. 좁은 폭의 공간을 넓게 느끼도록 하려고 사방을 거울로 '인테리어' 한 당시로서는 퍽 세련된 곳이었다. 필자의 기억으로는 이 복지다방이 '뮤직 박스' 없이도 잔잔한 음악 선곡이 좋았다. 그래서 대화 중심의 만남이거나 처음 만나는 사람인 경우 오히려 더 인기 있었다. 그러나 당시에도 연대에서 직선거리로 신촌로터리에 이르는 길은 다방에 관한 한 조금 보수적이었다. 이웃의 이화여대 입구로 가면 다방이자 카페였던 정문을 바라보는 방향에서 바로 왼쪽의 '카페 파리'와 오른쪽 오르막 골목 안의 '빅토리아'와 '하이드파크' 등은 거의 최첨단 인테리어와 세련미로 옛날식 다방의 기억들을 밀어내고 있었다.

물론 연세대 길에서 이대 입구까지의 좁은 길 사이에 있던 신촌 기차역 주변은 그야말로 '옛날식 다방'이 남아 있었다. 아침에 쌍화탕에 날달걀을 넣어 먹거나 저녁에 '도라지 위스키'*를 마시는 아저씨들도 있었다. 우리들도 어른이 되고 싶으면 그 '옛날식 다방'엘 가끔 갔고, 좀 더 세련된 기분에 젖고 싶으면 약간 멀고 앉아 있기 겸연쩍어도 이대 입구의 카페로 원정을 갔다. 당시는 겉옷에 대학 '뺏지'를 달고 다니던 시절이었는데, 우리 대학 '뺏지'를 달고 이대 입구의 찻집이나 카페에 앉아 있으면 영락없이 이대생을 목 놓아 기다리거나 어떻게 좀 해보려는 작자로 보이기 일쑤였다. 그래서 우리는 특별한 경우가 아니면 연대 신촌 길 다방문화 안에서 해결하는 것이 보통이었다.

그런데 이런 다방이 1980년대 중반 즈음에 사라져 없어지면서 요란한 실내 장식과 함께 상호마저 새롭게 싹 바뀌었다. 그러니 필자의 대학 시절은 그런 옛날식 다방문화의 막차 시대에 해당한다.

---

* 당시 서민을 위한 비교적 싼 값의 위스키인데, 이름은 당시 일본 주류 회사 '산토리'가 제조한 '토리스'라는 유명한 위스키에서 기원했다. 그 일부 원료를 들여와 1956년부터 부산에서 모조품 위스키를 만들었다. '토리스'와 한국어 발음이 비슷한 한국어 '도라지'가 그 상표 이름이 된 것이 연원이다.

청바지, 통기타, 생맥주

필자의 대학 시절은 시대적으로 참 음울했다. '세시봉C'est si bon'이나 '쉘부르Cherbourg'에서 시작된 '통기타'와 '포크folk'는 이미 필자의 고교 시절에 절정이었고, 우리 때는 그것을 원류로 하는 청춘의 좌절과 한숨이 훨씬 다양한 분출구를 탔다. '청바지', '통기타', '생맥주'는 그 시절 이야기를 조금은 낭만적으로 축약한 말이다. 청바지만 해도 제대로 하나 사 입을 수 있는 친구는 형편이 나은 편이었다. 남대문시장에서 싸게 파는 미군 군복 바지를 검게 물들여 봄, 여름, 가을, 겨울 사계절을 다 해결하는 것이 보통이었다. 필자가 어떤 기회에 이대 입구 청바지 가게에서 멜빵 달린 '뽀빠이 청바지'를 하나 맞추어 입었는데 친구들 간에 큰 화제가 되기도 했던 시절이다.

기타도 그렇다. 필자가 가정교사 아르바이트를 해서 겨우 산 '세고비아Segovia' 기타를 친구가 빌려 가 백양로 옆 잔디밭에서 치다가 전설의 '문상희 교수'*에게 들켜, 그 기타로 머리를 맞았다. 친구는 제 머리에 혹이 난 것은 뒷전이고, 필자에게 빌려 간 '세고비아' 부서지는 소리에 눈물이 났다고 했다. 결국 내 기타는 오래 못 갔다.

---

* 신학과 교수로, 교내에서 담배를 피우고 술을 마시거나 시끄럽게 떠드는 경우 학생들에게 체벌을 가하는 교수로 유명했다. 당시 청춘 영화의 모델로 등장하기도 했다.

테이프로 쪼개진 부분을 붙여 좀 치다가 소리가 터덜거려서 버리고 말았다.

생맥주는 참으로 귀했다. 당시 신촌에서 생맥줏집에 간다는 것은 누군가 기대하지 않았던 수입이 생기든가 아르바이트 월급을 받아야 한번 가보는 특별행사였다. 연세대에서 신촌로터리 쪽으로 가는 길 중간 즈음, 하얀 외벽의 '태양'이라는 생맥줏집이 있었다. 왜 그렇게 큰 글씨로 검은색 유리창 위에 '생맥주'라고 써 붙여 놓았는지…. 그리고 그 옆에는 꼭 '통닭'이라고 써 놓았다. 앞에서 다방을 나열할 때 언급한 '대야성'이라는 펍이 그나마 좀 더 넓은 대중 주점으로는 비교적 값이 저렴했다. 그렇지만 여자친구라도 만나려면 그 건너편의 '허트투허트heart-to-heart'쯤 가줘야 음악과 조명이 좀 고급스러웠다.

하지만 이 이야기들은 모두 특별한 날의 것이고, 보통날의 우리는 인스턴트 라면과 중국집의 군만두와 짜장면, 최고로 잘 나가야 탕수육 한 접시였다. 그것도 탕수육 하나에 단무지는 한 열 번쯤 시켰다. 그러니 사실은 신촌시장 안의 라면과 빈대떡집, 그 유명했던 훼드라 등이 진짜 우리들의 단골 출입처였던 것이다.

군사 정권의 억압에 대한 공포와 반항

대학 시절 우리는 세계적으로 이미 유행이 지난 '히피hippie'를 낭만으로 규정했고, 사치스러운 것으로 보았다. 반전, 평화, 자연 회귀 등은 오히려 귀족적 타락의 일단이라 여겼다. 인권에 목말랐고, 군사 독재의 공포와 억압의 사슬이 중요한 문제였다. 엄격히 금지되었던 '마르크스'를 읽었지만, '마르쿠제Herbert Marcuse'와 남미의 '체 게바라Che Guevara'가 훨씬 매력적으로 다가왔다. 그때의 주된 음악은 '포크'였다. 가수 조용필의 노래가 신촌을 사로잡았고, 혜은이의 〈제3한강교〉와 이은하의 〈밤차〉가 연세대학의 공식 응원가 반열에 올랐다.

그리고 어떤 이유에서인지 팝송은 우리 고교 시절보다 더 이전의 '올드팝'이 유행했다. 이미 한물간 엘비스Elvis Presley와 비틀즈Beatles가 신촌 거리를 장악했다. 어쩌면 신촌의 '엘피' 판매점이나 뮤직 다방의 레코드판 자료 목록에 새 앨범이나 뉴 버전이 들어오지 못하자 '복고'를 유행 전략으로 택했을지도 모르겠다. 그런데 특기할 일은 분명히 일본 대중문화의 완전 차단 시기였음에도 딱 한 곡, 〈블루 라이트 요코하마〉는 대단히 널리 유행했다는 사실이다.

마치노 아카리가 도테모 기레이네 요코하마/블루 라이트 요코하마
(街の明りがとてもきれいねヨコハマ/ ブルーライトヨコハマ).

1968년 12월에 발매된 이시다 아유미의 싱글 앨범 〈블루 라이트 요코하마〉가 뒤늦게 신촌의 대학가에서 대유행이었다. 필자 역시 일본어를 전혀 몰랐던 시절이었지만 이 노래만은 흥얼거리며 따라 불렀다. 아직도 어떤 경로로 일본의 유행가가 그 시절 한국의 대학가에서 대히트했는지는 불가사의하다. 그로부터 10년이 넘은 후 필자가 일본 유학을 왔을 때, 처음 일본 친구들과 함께했던 파티에서 이 노래를 떠올려 부른 기억이 새롭다.

한일의 대중문화에서 보는 희망

필자는 1989년 10월 일본에 유학했다. 교토에서 유학 시절을 보내면서 자주 한국에 갔다. 가족을 모두 한국에 두고 혼자 유학하던 시절이어서 방학은 물론 연휴만 있어도 자주 한국에 다녀오는 생활을 했다. 한국으로 향하던 필자의 배낭 안에는 가족과 친구들에게

〈교토 난젠지 수로각〉 (2022. 1.) 교토에서 유학생활을 했던 필자는 다시 가보고 싶은 사찰로 난젠지를 손꼽는다.

줄 작은 선물은 물론이고 읽던 책이나 만화책, 때로는 일본 노래의 카세트테이프 등이 들어 있었다.

당시 한국 공항의 세관 검색에서는 유학생들의 가방에서 주목하는 것이 따로 있었다. 값비싼 명품이나 고가의 물품 반입보다는 일본의 대중문화, 즉 음악 앨범이나 애니메이션 등의 제품을 한국에 몰래 들여오는지 비교적 세밀히 검사하고 있었다. 철저한 일본 대중문화 유입 금지의 시대가 지속되고 있었기 때문이다. 단, 본인이 이미 일본에서 개봉해서 보고 듣던 것, 즉 중고의 경우는 휴대품으로 인정해서 문제 삼지 않았다. 그래서 때로는 친지 중에 포장을 모두 뜯어서라도 음악 테이프 등을 가져다 달라고 주문하는 경우가 있었다.

◆ ◆ ◆

일본의 한국 대중문화 마니아들

유학 시절, 일종의 과외 활동으로 '고베학생청년센터'에서 한국어 강좌 상급반 담당을 상당 기간 했었다. 덕분에 많은 일본인 친구들을 사귈 수 있었다. 때마침 '고베학생청년센터'를 기반으로 '무궁화회'라는 한국 관련 공동체 그룹이 활발한 활동을 하고 있던 상황이었다. 그들 대부분은 단순히 한국어 공부에만 관심이 있는 이들이 아니었다. 전통예술, 대중음악, 미술, 영화, 연극, 음식문화뿐만 아니라 조금 더 전문 영역으로 역사, 문학 등 다양한 한국 문화 연구에

단연 조예가 깊었다. 그들의 존재가 유학 중 필자에게는 사실 충격이었다. 당시 일본인들은 약간의 제약은 있었어도 대부분 문제없이 한국의 대중문화를 가까이 접하고 심지어 즐기고 있었다. 그러나 같은 시기 한국에서는 일본의 대중문화가 완벽하게 차단되어 있었다. 고베의 친구들은 방학이면 집(한국)에 가는 필자에게 이런저런 부탁을 하기도 했다. 필자 스스로도 돌아오는 배낭 안에 그들에게 소개할 한국의 새로운 대중가요 테이프 등을 사서 넣을 때가 많았다. 물론 그들 스스로도 한국 여행을 자주 하는 터여서 필요한 자료는 언제든지 한국에서 가져올 수 있었다.

필자의 유학 시절에도 한일 간의 대중문화 차단을 비판하는 견해가 있기는 했다. 그럼에도 완전한 개방은 요원해 보였다. 특히 한국의 군사 정권은 국민의 정서를 의도적으로 몰아가는 측면이 강했다. 식민지 시대 이후 일정 기간, 그것도 문화 생산과 분배의 수준에서 현격한 격차가 있던 시절에 문화개방의 수준과 분야에 조정이 필요했다는 일부 주장은 인정할 수 있다. 그러나 1988년 서울올림픽 이후 1990년대로 접어들면서 일본 대중문화 차단 논리는 대중의 외면과 비판을 받을 수밖에 없었다. 당시 차단 논리의 대부분은 일본 대중문화를 개방하는 동시에 한국 대중문화 산업의 위축과 고사를 주장하는 내용이었다. 즉, 콘텐츠가 빈약한 한국 대중문화는 유입되는 일본 대중문화 앞에서 존재적 위협을 감수할 수밖에 없다는 논리였다. 그러나 유학 당시부터 필자의 생각은 전혀 달랐다. 대중문화의 소통이라는 것은 그렇게 일방적이지 않다는 점이다. 이미 당시 일본에서 한국 문화, 특히 대중문화에 깊은 애정을 가진 마니아들을 다수 접하면서 오히려 문화 개방으로 한국 대중문화의 일본 유입이 더 크게 증가할 수도 있다는 느낌이 들었다.

◆ ◆ ◆

유학 시절 유학생 동료들의 일본 문화 향유

대부분의 한국인은 놀이에 탁월하다. 모이면 노래와 춤을 즐기며 대부분 유쾌하고 활달하다. 필자의 유학 시절에도 한국 유학생 그룹은 자주 파티를 열었다. 유학생 파티에서는 물론 그리운 고향, 두고 온 한국의 노래를 자주 불렀다. 그러나 유학생들은 당시 일본 대중문화를 접하지 못하던 한국 내의 한국인들과 달리 일본 대중문화도 폭넓게 즐기는 편이었다.

노래만 해도 이츠와 마유미(五輪真弓)의 〈고이비토요〉(恋人よ)를 비롯하여 다니무라 신지(谷村新司)의 〈쓰바루〉(昴), 〈군죠〉(群青), 〈이이히 다비다치ぃぃ日旅立ち〉, 그 밖에도 타이완 출신 가수 테레사 텐(テレサテン)의 노래 그리고 당시 한국 가수로 일본에서 크게 히트한 남진, 패티김, 조용필의 노래는 물론 일본에서 활발하게 활동하던 이성애, 계은숙, 김연자의 번역된 레퍼토리를 자주 불렀다. 이미 일본의 한국 유학생 사회에서는 한국의 대중문화와 일본의 대중문화가 밸런

〈도쿄 벚꽃〉 (2022. 3.)

스를 잡고 있었던 것이다.

1998년 김대중(1924~2009)이 한국의 제15대 대통령으로 취임하였다. 그는 한국 민주화의 큰 공헌자이자 한일 간 현대사에서도 획기적인 전환을 이끈 지도자이다. 대통령에 취임한 그는 평소의 소신대로 일본 대중문화의 단계적 개방 정책을 실천해 나갔다. 한국에서 일본 문화에 대한 장벽이 서서히 해소되었다. 물론 당시에도 김대중 정부의 문화정책에 대한 우려의 목소리가 여전히 있었지만, 그 결과는 예상을 크게 빗나갔다. 즉, 일본 대중문화에 노출된 한국 대중문화와 산업의 피해, 고사가 아니라 오히려 한국 대중문화가 일본을 압도하고 각광받는 계기가 마련된 것이다. 그 대표 사례가 한국 드

〈도쿄 니혼바시〉 (2021. 12.)

라마 〈겨울연가〉 현상이다.

◆ ◆ ◆

일본 대중문화 개방과 일본 열도를 쓰나미처럼 덮친 한류 열풍, 〈겨울연가〉

2000년대 초반, 필자가 한국의 모교에서 교수로 재직하고 있을 때이다. 한·중·일 3국의 같은 분야 연구자들을 연결하여 국제 컨퍼런스를 교차, 개최한 적이 있다. 한국, 일본, 중국 등을 순차적으로 오가며 논문을 발표하고 토론하는 국제 학술회의였다. 서울에서 열린 학술 대회에서 발표회가 끝난 뒤 만찬 모임에서 각국의 교수들이 장기 자랑을 하기로 의견을 모았다. 한국 쪽 연구자들은 일본의 학자들을 위해 드라마 〈겨울연가〉의 주제곡인 〈처음부터 지금까지〉를 연습해 합창하기로 결정했다. 당시 〈겨울연가〉가 일본에서 얼마만큼 선풍적 인기가 있는 한국 드라마인지를 알았기 때문이었다. 그때 이 노래를 부르는 한국 연구자들의 모습을 지켜보던 일본 측 참가자들의 감동 어린 눈빛이 아직도 잊히지 않는다. 대중문화는 이렇듯 전혀 다른 차원에서 정서적 공감대를 만들어 준다.

마찬가지로 2000년대 초반 필자가 한국에 있을 때이다. 회의 모임에 출석하기 위해 대학 밖의 어느 장소로 이동 중이었다. 차를 주차한 후 약속된 건물을 동료와 함께 찾고 있었는데, 어느 건물 앞에 길게 늘어선 30~40대 여성들의 행렬을 만났다. 그들 사이에서 시끌벅적 들리는 말이 일본어였다. 같이 간 동료가 일러주기를, 바로 그 건물이 〈겨울연가〉의 남자 주인공 배용준의 소속 사무소가 있는 건물이라는 것이다. 호기심이 발동해서 한 사람에게 오늘 배용준 씨가 여기에 온다는 정보가 있느냐고 물었지만 그런 정보는 없다고 했다. 단지 〈겨울연가〉 촬영지를 중심으로 한 관광 코스에 따라 단체 여행을 온 팬들이었던 것이다. 그들은 그 일정 중 배용준이 소속된 사무소 앞에서 일정한 시간을 기다려보는 스케줄을 일부러 넣었다고 했다. 그러면서 혹시라도 그를 우연히 기적같이 만날 수 있다면 얼마나 행복하겠냐고 덧붙였다. 필자는 큰 감동을 받았다. 탤런트 배용준이 그 시절 해낸 한일 관계의 긍정적 영향은 그 어느 정치가, 외교관의 것과 견줄 수 없을 것이라는 생각이었다.

한일 관계는 늘 파도처럼 일렁인다. 아주 좋을 때도 있고 나쁠 때도 많으며, 지금 일본에서도 한국에서도 서로를 미워하고 불신하는 움직임이 많다. 그럼에도 현재의 한일 관계를 잇고 지키는 가장 큰 힘의 하나는 상호 간 대중문화의 소통이며, 이미 중년에 접어든 '욘사마 지지 그룹', 아니면 열심히 '케이 팝K-Pop'을 즐기고 있는 젊은이들이 아닐까 한다.

한편 지금도 한국의 젊은이 중에 만화나 애니메이션만으로 일본어를 학습한 이들을 많이 만난다. 오직 그 대중문화의 매개체만으로 언어를 습득한 것이다. 그들의 거친 일본어 표현에 오히려 한일 간의 미래와 희망을 찾기도 한다. 그들은 결코 역사를 잊거나 왜곡하는 것이 아니라 우선 문화적 소통을 실행하고 있는 것이다.

때로 한마디 말이 한일 관계를 꼬이게 한다

필자는 언어학자가 아니다. 다만 일상에서 한국어와 일본어 이중 언어로 활동하는 처지이다 보니 언어 소통 문제에 조금 남다른 관심이 있을 뿐이다.

벌써 수십 년 전 일이지만, 대학 시절 타 학부 과목 청강으로 언어학 관련 강의를 들었을 때의 한 기억이 남아 있다. (대학 시절 당시는 친구였던 필자의 아내가 소속되었던 학부의 강좌로, 다른 목적이 수반되었는지도 모르는 청강이었지만) 저명한 언어학 교수의 강의였다.

미국의 한 '네이티브 아메리칸Native Americans'(속칭 아메리카 인디언) 부족의 언어 중에는 부정문, 즉 '아니'라는 표현이 없는 언어가 있다. 그 언어에서 부정의 뜻을 표현하고 싶을 때는 어떻게 하는지 생각해 보라는 질문이 있었다. 어리둥절한 우리에게 노 언어학자는 이렇게 답해 주었다.

"나는 결코 미남이 아니다"는 "내가 미남이라면 얼마나 좋을까."

"나는 너를 사랑하지 않는다"는 "내가 너를 사랑한다면 참 좋을 텐데."

즉, 부정 표현은 가정법을 이용하여 뜻을 전한다는 특이한 언어에 대한 강의였다. 물론 필자가 그런 언어를 직접 조사해 본 적은 없지만, 언어학 청강 시간에 들은 내용은 지금도 또렷이 기억하고 있다. 짐작하건대 부정 표현이 없는 언어를 사용한 부족은 나름 대단히 품격 있는 인간관계와 소통을 중시하는 문화를 지닌 이들이 아닐까 싶었다. 그렇다면 부정문이 존재하는 언어권에서도 될수록 부정 표현을 사용하지 않고 의사를 전달한다면 좋지 않을까 하는 생각이 들었다.

♦ ♦ ♦

"오늘은 좀…"

필자가 처음 일본에 유학 왔을 때이다. 같은 대학에 먼저 유학 와 있던 친구가 일본 생활의 경험을 재미있게 들려주었다. 그가 유학을 온 얼마 후 동급생 여학생에게 마음이 끌려 데이트 신청을 했단다.

"오늘 괜찮다면, 저와 같이 식사하고 영화 한 편 보시겠습니까?"

그야말로 전형적인 데이트 프러포즈이다.

돌아온 대답은,

"오늘은 좀….”

그 친구는 그날 데이트는 못 했어도 대단히 만족하고 즐거웠다고 했다. 무엇보다 자신의 프러포즈가 통했다고 생각했단다. 프러포즈 자체는 좋은데 시간상 오늘은 어렵다는 뜻으로 이해한 것이다. 친구는 다음날도 또 며칠 후에도 같은 수작을 걸었으나 돌아오는 대답은 역시 "오늘도 좀…"이거나, "사실은 좀…"이었다는 것이다.

그제야 그 동급생의 의사가 '아니'라는 뜻, 즉 데이트 신청에 대한 거절이었음을 알아차렸다고 한다. 데이트 프러포즈를 완곡히 거절하는 의사 표현이 이른바 '생략법'의 언어로 표현된 것을 이해하게 되었다는 것이다. 이 에피소드에 따르면 부정의 뜻을 전하는 방식으로 앞서 어느 네이티브 아메리칸 부족의 가정법도 있지만, 일본어에 빈번한 생략의 표현으로도 가능하지 않을까 하는 생각이다.

그 이야기를 들려준 친구는 한국에서라면 대부분 '예스Yes'든 '노No'든 바로 직접적으로 표현했을 거라고 했다. 필자 역시 동의하였다. 데이트를 신청하는 상대에게 되도록 빠르고 분명하게 긍정 또는 부정의 자기 의사를 직접 답할 확률이 한국어 사용권에서 훨씬 높을 것이다. 지금은 이곳 일본의 분위기도 많아 달라지기는 했지만, 필자가 처음 유학을 했던 30여 년 전의 일본, 특히 여성들의 언어는 완곡한 간접 표현의 경향이 강했다. 그 대표적인 것이 생략법으로 하는 의사 표시였다.

한국의 옛 어법, 조선 시대 양반들의 언어

한국어도 전통 시대 특히 엘리트 계층에서는 직접적 표현이 적었다. 즉각적인 표현은 점잖지 못하고 저급한 것으로 여겼다. 품위있는 대화에서는 철저하게 비유를 사용하거나 해학과 풍자를 섞어서 사용했고, 때로는 노래 형식을 빌리기도 했다. 고려가 망하고 새로운 왕조인 조선이 세워지던 시기에 고려에 충성을 다하던 중신 정몽주鄭夢周를 조선 건국의 주도 세력이자 후일 세 번째 왕위에 오르는 이방원李芳遠이 설득하는 시조時調가 대표적이다.

이런들 어떠하리 / 저런들 어떠하리 / 만수산 드렁칡이 / 얽혀진들 어떠하리 / 우리도 이같이 얽혀 / 백 년까지 누리리라
— 〈하여가何如歌〉, 『청구영언靑丘永言』(현대어 표기로 고침)

여기에 대해 정몽주는 자신의 곧은 지조를 다음과 같은 시조로 답했다.

이 몸이 죽고 죽어 / 일백 번 고쳐 죽어 / 백골이 진토되어 / 넋이라도 있고 없고 / 임 향한 일편단심이야 / 가실 줄이 있으랴
— 〈단심가丹心歌〉, 『청구영언靑丘永言』(현대어 표기로 고침)

이 대화에는 '예스'도 '노'도 없다. 그렇지만 직접적인 표현보다 더 강력한 권고와 목숨을 건 거부가 함축되어 있다. 결국 청을 거절한 정몽주는 이방원의 손에 목숨을 잃는다.

한편 그 시절에 관한 이런 이야기도 있다. 조선을 개국한 왕 태조 이성계李成桂와 그의 책사策士인 무학無學 대사의 유명한 일화이다.

태조 이성계가 조선의 도읍을 한양으로 옮기고 나서 경복궁에서 축하 연회를 베풀었다. 한창 취흥醉興이 무르익어갈 무렵, 태조가 담소談笑를 나누다가 옆에 있는 왕사王師 무학에게 불쑥, 한 가지 제안을 하는 것이었다. "대사, 오늘만은 파탈擺脫하고 피차彼此 흉허물 없이 누가 농담을 잘하는지 내기를 해 봅시다 그려." 어안이 벙벙한 무학 대사가 엉겁결에 응답했다. "성은이 망극할 뿐이옵니다." 그러자 대뜸 태조가 농을 걸었다. "지금 대사의 얼굴을 요모조모로 뜯어보니 흡사 멧돼지같이 생겼소이다." 이 말이 떨어지자 주석酒席은 온통 웃음바다를 이뤘다. 이윽고 무학이 정중하게 입을 떼었다. "소승이 뵙기에 태왕太王께서는 꼭 부처님을 빼닮으셨습니다." 뜻밖의 대답에 태조가 웃음을 거두고 정색을 하며 물었다. "농담을 하기로 했는데 그 무슨 말씀이오? 과인은 대사를 멧돼지에 비유했거늘, 어찌하여 부처님이라 하오? 오늘 밤은 어떤 욕을 해도 괜찮다고 하지 않았소?" 이에 무학은 한바탕 너털웃음을 웃고 나서 천연덕스레 이렇게 말하는 것이 아닌가. "무릇 부처

님의 눈으로 보면 온 만물이 부처님같이 보이고, 돼지의 눈으로
보면 다 돼지같이 보이는 법이로소이다."
— 『석왕사기釋王寺記』(현대어 표기로 고침)

결국 은근하고 차원 높은 비유로 무학은 왕의 공격에 멋지게 응
수한 것이다. 이는 조선 양반의 유머와 해학, 풍자적 언어의 전통을
말할 때 자주 거론되는 사례이기도 하다.

♦ ♦ ♦

욕설에 대한 단견

언어권에 따라 욕설의 빈도, 종류, 경향 등은 다 다르다. 절대 비
교가 아닌 주관적 견해이지만, 한국어는 다른 언어권에 비해 다양한
욕과 거친 표현이 많다고 생각한다. 언어학자에 따라서는 욕으로 볼
수 있는 표현이 많을수록 그 언어권의 역사가 깊고 문화의 다양성이
풍부하다고 주장하는 것을 보았다. 일리 있는 부분도 있을지 모르나
선뜻 동의하기는 어렵다.

욕은 되도록 지양해야 하고 더구나 특정한 상대를 두고 내뱉는
욕설은 인간관계의 파괴적 행위이자 폭력에 해당한다. 그럼에도 현
대사회는 욕설의 일상화가 진행되는 조짐이 있다. 욕설은 단지 언
어 표현에만 국한되지 않고 표정, 제스처, 무절제한 행위와 태도 등

등으로도 표출된다. 더구나 그것이 어떤 차별적 인식, 선입견, 이데올로기에 기대어 일방적으로 표현되는 것이라면 심각한 문제를 야기하곤 한다. 대표적으로 인종 차별, 지역 차별, 민족 감정이나 사상 구분에 의거한 적대적 언어, 행위, 표현 등은 어떤 직접적 폭력 이상으로 심각한 가학적 결과를 낳는다.

특히 남북 분단 상황의 우리 사회에서 자주 사용하는 '빨갱이', 혹은 '종북'이라는 표현, 즉 '좌익 세력'이나 소위 이데올로기적 진보 진영을 표현하는 속된 호칭은 직접적 욕설은 아닐지라도 남한 내부에서 진영을 나누고, 상호 공세적인 편 가르기를 하는 폭력적 언어가 아닐 수 없다. 한편 오늘날 커뮤니케이션의 대세를 장악한 사이버 공간, 곧 SNS상의 욕설과 언어폭력의 실상은 심각한 수준에 도달했다. 얼굴과 얼굴을 직접 마주하지 않는 가상공간에서, 화자話者가 직접 드러나지 않는 상태에서 자행되는 수많은 욕설은 당하는 이에 대한 인격적 살인이다.

최근 설리와 구하라 등 '아이돌' 출신 유명 연예인이 이른바 '악플'에 시달리다 자살하는 사건이 연이어 일어났다. 이는 언어 표현이 인간관계의 소통 문제, 정서적 영향의 차원을 넘어 생명까지 앗아가는 심각한 직접 폭력이 될 수 있다는 사실의 반증이 아닐 수 없다. 욕설이나 '악플'의 사회적 문제는 한국이나 일본에 한정된 지역적 문제가 아니라 현대 사회 어디에서든 인간관계 소통의 가장 큰 과제로 대두되고 있다.

정치, 외교와 언어 문제

정치와 외교의 가장 첨예한 현장에는 늘 언어 표현의 문제가 있다. 한국과 일본의 정치 현장에도 난무하는 언어 대립과 갈등, 특정 표현에 대한 의미 해석을 두고 벌어지는 논쟁이 끊이질 않는다. 더구나 이것이 자국의 정치를 넘어 외교로 이어지면 그 예민한 대치는 더욱 치열하다. 한일 간의 현안에는 양국의 근본적인 인식 차이나 정책 방향의 문제도 있을 것이다. 그러나 그와 더불어 외교적 언어가 상호 어떻게 교차되고 소통되느냐 하는 문제도 있다. 때로는 외교적 수사로서의 언어 선택, 통역의 역할, 의전의 레벨 등이 근본 정책이나 입장 차이보다 앞서 거론되기도 한다. 거기에는 단순한 언어 표현 이외에도 행동, 표정, 의사 교환의 방식, 의전 형식 등등이 함께 논의된다.

예를 들어 한일 간의 외교 현안이 첨예하게 대립할 때, 한국의 여론은 일본 정치인이나 외교관들이 사용한 언어뿐만 아니라 한국 외교관을 향한 일본 외교관의 표정, 소통 방식, 외교 대표단에 대한 형식적 예우 등을 먼저 거론하기도 한다. 그에 따른 긍정, 부정의 파급은 생각보다 민감하고 반향은 크다. 이를 통해 보면 국내 정치든 국제 외교이든 언제나 그 출발은 언어 표현을 첫머리로 하는 작은 소통 행위들의 과정임을 무시할 수가 없다.

마츠시로 대본영 유적지 갱도에
새긴 한글 낙서

필자가 이 칼럼을 초안하고 있는 오늘(2019년 2월 5일, 음력 1월 1일)은 한국의 설날이다. 민족 최대 명절인 설날에 한국인 대부분은 고향을 찾아 조상에게 제사를 지낸다. 그리고 부모와 주위 어른들에게 세배를 드리고 덕담을 주고받는다. 이 칼럼에서 살펴보고자 하는 마츠시로(松代) 대본영 유적 갱도 내에 한글로 낙서를 쓴 한국인 징용자도 아마 1945년 설날에 이 한글 낙서를 새겼을 것이다.

◆ ◆ ◆

미완의 상태로 방치된 지하의 거대 시설

필자가 2008년 2월부터 1년간, 당시 한국에서 재직하고 있던 연세대학교의 해외 연구년을 맞아 현재 봉직하고 있는 일본 메이지가쿠인대학 초빙교수로 와 있을 때이다. 메이지가쿠인대학에 부임하자마자 때마침 도쿄의 또 다른 대학 교수들이 진행하던 한일 역사

관련 테마 연구 프로젝트 현장 답사 프로그램의 초대를 받았다.

처음으로 나가노(長野)현 마츠시로 대본영 유적에 가는 필드워크에 참여할 기회를 얻었다. 그때의 기억이 10년이 지난 지금도 생생하다. 같이 간 동료들과 현지 시민운동 단체의 안내자들의 도움으로 휠체어를 이용하는 필자가 접근하기 어려운 깊은 지하 갱도까지 샅샅이 돌아볼 수 있었다. 그 규모뿐만 아니라 역사의 무게, 마츠시로 대본영 공사에 동원되었던 한일 양국의 노동자들, 특히 한국인 강제동원 노무자들의 수난의 역사가 마음을 무겁게 했다.

대본영 유적지는 상상을 초월하는 규모였다. 1944년 11월부터 종전 이튿날까지 9개월여 기간 동안 공사를 진행했다고 한다. 완성하지는 못했지만 폭 4미터 높이 2.7미터의 지하 갱도에 탱크까지 왕래할 수 있는 넓이로 건설하던 이 요새는 최후까지 버티며 항전할 수 있는 거대한 규모의 전쟁 시설이다. 제일 긴 것은 지하 13km에 이르는 요새였다.

◆ ◆ ◆

한국인 7천 명과 일본인 3천 명이 동원되었다

아시아 태평양전쟁 말기에 일본은 최후의 본토 항전을 준비하면서 전 국토 요새화 작업을 계획하고 진행했다. 그 최후의 대본영 후보지가 바로 나가노현 마츠시로 지역을 중심으로 한 일대였다.

1944년 11월 11일 첫 번째 발파 작업으로 공사가 시작되었다. 건설은 징용된 일본인과 한국인 노동자가 중심이었다. 한국인 약 7,000명과 일본인 3,000여 명이 초기에는 1일 8시간 3교대, 후반부에는 12시간 2교대로 공사를 맡았다. 공사 참가자가 연인원 300만 명이 넘고, 당시 금액으로 2억 엔의 총공사비가 투입되었다. 현재 남아 있는 땅굴의 길이만 총 11.5km에 달한다. 이곳에 천황의 어소御所는 물론 국가 중앙 기관, 전쟁 지휘부인 대본영을 전부 이전할 계획이었다. 그러나 1945년 8월 15일 종전선언으로 75% 선에서 공사가 중지되었다. 이 공사 중에 한일 양국의 수많은 노동자들이 공사 사고와 그 밖의 이유 등으로 희생당했는데, 동원된 7천여 명의 한국인 노동자 중에서도 수백 명이 목숨을 잃은 것으로 기록되어 있다. 그들 한국인 노동자들은 가장 위험한 발파 작업 등에 주로 동원되었던 것으로 전해진다.

◆ ◆ ◆

필자가 읽은 한글 낙서의 의미

2008년 2월, 필자와 연구 프로젝트 참여 교수단 일행이 현장을 방문했을 때 우리를 안내한 이들은 나가노 현지에서 수난 역사의 현장 보존 운동을 벌이는 NGO 단체의 멤버들이었다. 그들의 친절한 안내와 설명은 지금도 잊을 수 없을 만큼의 헌신적인 활동이었다.

마츠시로 대본영 유적에 남겨진 한글 낙서에 대한 저자 나름의
해석을 게재한 〈보존운동保存運動〉 209호 (2008. 5. 10.)

그런데 산속 바위 갱도 안에 한글로 새겨 놓은 해독 불가의 낙서가
당시에도 화제였다. 그동안 각계각층의 연구자들이 방문했지만, 설
득력 있는 해독을 하지 못한 상황이었다고 했다.

　당시 처음 방문했던 필자가 나름대로 해석의 아이디어를 냈다.
바위벽에 새겨진 한글 낙서는 '세배, 조매호노모, 구운몽, 내에모토,
河本' 등 대여섯 단어였다. 태평양전쟁 말기 최후의 역사 현장을 보
존하려는 시민단체가 활발하게 활동하고 있었고, 우리 일행의 안내
도 그 단체의 멤버들이 맡았었다. 그들은 당시 필자의 새로운 낙서
해석에 큰 공감과 동의를 표했다. 여러 해석 가운데 가장 설득력이
높고, 낙서를 남긴 사람이 의도한 본래의 의미에 가깝지 않겠냐는

평가였다. 그 후 그들 「보존운동」이라는 시민운동단체의 간행물에 게재된 당시 기사의 개요를 소개하면 다음과 같다.

마이츠루산(舞鶴山)의 대본영大本營용 지하호地下壕에 남겨진 한글 문자는 뭐라고 읽을 수 있을까? 여러 사람들이 판독을 시도했지만 아직까지 확실하게 그 뜻을 이해하고 읽는 방법을 찾을 수 없었다. 지난번 마츠시로(松代)를 방문한 한국 연세대학교 교수이며 메이지가쿠인대학 초빙교수로 와 계신 서정민徐正敏 교수는 이런 뜻으로 읽으면 어떨까 하고 내 공책에 다음과 같이 써주셨다.

'세배歲拜'는 신년 인사, '설날'(舊正) 어른들께 새해 인사를 하고 세뱃돈을 받기도 하는 '신년 인사'라고 한다.

'조매호노모祖妹好老母'는 할아버지 할머니, 여동생, 사랑하는 늙은 어머니, 곧 그리운 가족을 뜻한다.

'내에모토'는 일본어로 '川所もと'라고 할 수 있는데, 시내(川) 혹은 강江의 상류, 원류 곧 '모토もと'(일본어의 한글 문자로 음독을 한다)로, 즉 낙서자의 일본식 이름(창씨개명)인 '가와모토'(河本)를 바꾼 것이라고 설명하셨다.

이 문자 해독에 대해서는 몇몇 사람들이 모두 그렇게 읽을 수 있다고 다 동의했다. 문제는 '구운몽九雲夢'이다. 서정민 교수의 설명에 따르면, 이것은 조선 시대의 문학가 김만중金萬重이 쓴 소설의 '제목'이라고 한다. 김만중은 어머니에 대한 효도로 유명한 사람이라고 하였다.

아마도 이 낙서를 쓴 사람은 분명 문학적 소양이 있는 사람이며 '설날'에 멀리 있는 조부모나 여동생 그리고 그리운 '노모'를 그리워하면서 남긴 기록이라는 것이다. '어머니에 대한 그리운 마음'을 마침 김만중의 옛 행적과 김만중이 어머니를 즐겁게 해드리고자 썼다고 전하는 〈구운몽〉이라는 소설 제목으로 그 마음을 표현하여 적어 놓은 게 아닐까라고 서 교수는 설명하셨다.

이 해석이 완벽하다고는 할 수 없을지 모르지만, 대단한 설득력이 있어 보인다.

서정민 교수와 그 외의 일곱 분을 안내한 것은 2월 11일. 마침 한국의 설날이었다. '대일본 제국 헌법'이 발포된 날이기도 하다. 그리고 일본 건국기념일이기도 하며, 또한 창씨개명이 시행된 날이기도 하였다. 그날 만난 60여 년 전의 한글 문자에 담긴 그리움과 애틋함이, 함께 방문한 이들의 마음에 새겨져 있는 것 같았다.

— 「보존운동」 제209호(2008. 5. 10). '마츠시로 대본영'의 보존을 추진하는 모임 뉴스.

낙서의 주인공은 분명 대단한 지식인이었을 것

    필자는 아직도 당시의 낙서 해석이 정확하다고는 생각지 않는다. 그러나 '마츠시로 대본영'이라는 일본 전쟁기 최후의 상징적 장소에서 한국인 징용 노동자는 혹심한 노동과 열악한 환경에 처해 있었을 것이 틀림없다. 굶주림, 고향에 대한 그리움, 가족에 대한 절절한 사랑이 어두운 갱도 바위벽에 새겨진 낙서에 서려 있는 것이다. 바위에 새겨진 한글 글씨가 상징하는 의미들을 필자 나름의 역사 지식과 문학적 감각으로 이해해 보고자 했다. 그것은 지식의 동원이 아니라 글자를 새긴 한국인 징용자가 처했던 상황과 심정에 대한 절실한 공감의 표현이었다.

    김만중金萬重(1637~1692)은 조선 시대 문학가이자, 정치가이다. 조선 시대 중기 대제학大提學, 대사헌大司憲 등 고위 관직에 오른 것은 물론 〈구운몽〉, 〈사씨남정기謝氏南征記〉 등의 소설과 시문 등을 남긴 문학가이다. 그러나 그는 당시 격심한 당쟁의 소용돌이 속에서 정치적 격랑을 자주 겪었다. 즉, 정치적 이유로 자주 유배 길에 올랐다. 그리고 결국 1692년 먼 남해 외딴섬에서 유배 중 세상을 떠났다. 그는 누구보다 어머니를 애틋하게 생각한 효자로 전한다. 그의 소설 〈구운몽〉은 유배지에서 자신을 염려하며 노심초사하실 어머니를 위로해 드리려는 마음으로 어머니 윤씨尹氏에게 지어 올린 소설이라는

〈일본 북부 지역을 달리는 증기기관차〉 (2022. 2.)

설이 있다. 또 달리는 외교 사신의 임무를 맡아 중국에 갔던 김만중이 어머니가 재미있는 중국 소설을 한 권 사 오라는 당부를 그만 잊고 돌아오는 길에 급히 어머니를 위해 직접 지어 썼다는 설도 있다. 그러나 두 가지 설 모두 어머니에 대한 지극한 사랑과 효성이 바탕인 것은 마찬가지이다. 〈구운몽〉은 전 4권으로 된 한글본과 별도의 한문본도 있다. 내용은 중국 당나라 시대 불교를 배경으로 한 꿈 이야기로, 스토리 전개가 흥미진진한 문학성 짙은 작품이다.

마츠시로 대본영 갱도 바위벽에 '구운몽'이라고 적은 조선인 징용자, 그는 지식인이었을 것이다. 김만중과 그의 어머니 그리고 구운몽의 뒷이야기까지 잘 아는 인물이었음에 틀림없다는 생각이 지금도 변치 않는 내 직감이다. 구운몽이라는 한 단어를 단단한 돌 위에 새김으로써 설날 어머니에 대한 절절한 사모곡을 전한 것이 아닐까 싶다. 역사의 장면 장면에는 어떤 소설보다도 더 극적인 드라마가 서려 있다. 그가 그 낙서를 새긴 설날로부터 74번째 되는 설날 아침(2019년 2월 5일)이다.

친일파의 후예는 친미, 친중파가 된다

한반도의 삼국 시대는 일본과 교류가 활발했다. 고구려의 승려이자 화가인 담징曇徵은 일본에 불교를 전한 것은 물론 호류지(法隆寺)의 '금당벽화金堂壁畫'를 그렸다고도 전해 온다. 그는 『일본서기』에도 등장하는 고구려 화가로, 그의 작품으로 알려진 〈금당벽화〉는 동양의 3대 미술품의 하나로 불릴 정도이다. 그가 일본으로 간 해는 610년으로 추정되는데, 역사 속에서 한일 문화, 문물교류의 대표적 인물로 기록되고 있다.

663년 백제가 신라와 중국 당 연합군에 의해 멸망한 후 나라 잃은 설움을 지닌 채 백제 유민들이 일본으로 망명하였다. 『일본서기』에는 664년 백제 '선광왕善光王'을 나니와(難波, 현재 일본 칸사히의 오사카 지역)에 살게 했다는 기록이 있다. '선광왕'은 백제의 마지막 왕인 의자왕義慈王의 왕자이다. 의자왕의 증손인 '경복왕敬福王'은 지금의 히라가타(枚方, 현재 일본 오사카부의 시)로 이주했다는 기록도 있다. 『일본서기』에는 백제 멸망 후 665년에 4백여 명, 666년에 2천여 명에 달하는 백제인이 일본으로 이주한 것으로 기록되어 있다. 이같이 집단

고구려 화가 담징이 그렸다고 전해지는 '금당벽화'가 있는 호류지, 벽화의 원화
는 1949년 화재로 소실되었고 1968년 복원된 벽화를 보존 중이다.

망명한 백제인 중에는 왕족과 귀족, 학자, 기술자 등이 많았다. 그들
은 법률학, 경학, 약학, 병법 등에 식견을 지녔던 것으로 보인다. 당
시 일본은 그들에게 직위와 관직을 수여해 정착을 도왔다. 역사적으
로 추론하자면 이들 백제의 망명객들이 본래 의미의 '친일파' 그 기
원이 아닐까 한다. 그들은 '친일파'라기보다는 일본을 선택한 사람
들로 볼 수도 있다.

근대 친일파의 등장

근대 친일파를 논할 때 여러 설이 있으나, 필자는 그 시작을 1884년 한국의 진보 개화파 혁명인 갑신정변을 기점으로 본다. 물론 그 이전인 1881년 일본에 파견되어 메이지 정부의 근대화 정책을 학습한 신사유람단의 사례가 있으나 그것은 단지 객관적인 문물 교류였다. 1884년 12월 4일 김옥균, 박영효, 홍영식, 서재필, 서광범 등이 일본 공사의 지지를 바탕으로 거사를 일으켜 진보 개혁 정권을 수립하였다. 그러나 이들의 혁명은 청나라 군대의 지원을 받은 보수 세력의 역공으로 좌절되었다. 이로 인해 갑신정변으로 성립한 친일 개화 정권은 '삼일천하'로 끝나고, 그 중심 세력 중 일부인 김옥균, 박영효, 서재필, 서광범 등은 일본으로 망명하였다. 그 후 박영효는 메이지학원(明治学院)과 게이오의숙(慶応義塾)에서 공부하기도 했다. 이들 갑신정변 주동자들을 근대 친일파의 기원으로 보는 것은 일본에 기대어 자신들의 정치적 목표를 추구한 최초의 정파였기 때문이다. 그러나 이들에게는 적어도 대의명분은 있었으며, 일본과 우호 협력으로 자신의 나라를 일으켜 세우고자 하는 충정은 엿보인다.

그러나 본격적으로 일본에 강제 병합당하면서 사욕에 급급한 친일파가 등장했다. 그 가장 뚜렷한 예가 이른바 '을사오적'으로 일컬어지는 이들이다. 즉, 1905년 이른바 '제2차 한일협약'으로 한국의 외교권이 박탈되는 과정에서 일본에 적극 협력한 대신들로 이완용, 이지용, 박제순, 이근택, 권중현을 의미한다. 1910년 한일병탄조약에서, 그들 중 이완용은 내각 총리대신으로서 조약의 당사자가 되었다.

◆ ◆ ◆

식민지 시대 사욕에 눈먼 친일파

식민지 시대의 개막과 함께 본격적인 '친일파'의 시대가 시작되었다. 이때의 친일파는 크게 두 부류로 나눌 수 있다. 첫째는 자신과 자신을 중심으로 한 사적 공동체의 기득권 유지와 확장을 위한 친일파이며, 둘째는 생존을 위한 생계형 친일파이다. 첫째 '기득권 친일파'의 특징은 지극히 출세 지향적이고 사익 추구형이라는 점이다. 이들은 적극적으로 일본의 한국 식민지 통치에 협력하였고, 그 협력의 공으로 주어지는 실과를 개인이나 가족 공동체의 이익으로 취하였다. 그들의 행동은 다른 한국인들에게 피해를 주는 정도에 그치는 것이 아니라 경쟁적 관계인 일본인들에게도 부정적 영향을 미칠 정도였다. 이들의 적극적 친일 혹은 과도한 친일 행위는, 오히려 그들이 사익을 위해서는 일본만이 아니라 그 누구에게도 협력하며 아부할 수 있다는 증거로 보일 정도였다. 반면 둘째의 '생계형 친일'은 민중에게 강제된 친일에 항거하지 못하고 수행한 정도로 이해할 수 있다. 식민지 민중으로서 감당해야 할 최소한의 의무들 그리고 특히 일본 통치 말기에 강요된 창씨개명, 신사참배, 천황 숭배, 일본어 사용, 징용, 징병, 근로정신대 등등의 참여를 예로 들 수 있다. 그들에게는 선택의 여지가 없을 정도였고, 그 행위 자체만으로 친일로 규정하기는 어려운 측면이 있다.

그런데 여기서 또 한 가지 별도로 살필 친일 유형이 있다. 즉, 일부 지식인의 '이데올로기적 친일론'이다. 그들은 특히 파시즘 절정기에 이르러 일본의 '황도정신'에 실제로 동화되어 갔고, 그것을 적극 수용하고 선양하는 것이 자신이 속한 민족에게도 더 나은 길이 될 것이라는 인식에서 신념적으로 수행한 친일이다. 물론 그들도 개인적 상황이나 행동양식을 볼 때, 크게는 '기득권 친일파'의 유형으로 가늠할 수 있으나 가치관과 신념의 확신 그리고 그 행위의 전말에서 일정 부분 구별되는 점도 있다.

✦ ✦ ✦

조선총독부 경찰, 대한민국의 경찰이 되다

식민지 시대의 종언과 함께 한반도는 분단되었고 대립과 전쟁의 역사가 이어졌다. 분단 이후 북한 정권의 경우 어느 정도 친일파 청산, 곧 식민지하에서 기득권을 누린 이들에 대한 정리는 진행된 것으로 보인다. 그러나 남한의 경우는 전혀 다른 양상으로 전개되었다. 국내 지지 기반이 빈약한 이승만 정권이 미국의 지원에 힘입어

탄생했으나, 이승만 정권은 일본 식민지하에 협력 세력을 등용하지 않을 수 없는 현실적인 문제, 즉 국내 지지 기반이 거의 없던 정권이었다. 그 결과 미국의 묵인과 지원하에 등용했던 일제 협력 부역자들이 바로 (지금까지의 용어로 규정하면) 친일파 세력인 것이다.

이승만 정권의 군대는 거의 대부분 일본군 장교 출신의 장성들이 창설하고 지휘했다. 이승만 정권의 경찰조직 또한 조선총독부 경찰 출신들이 장악했다. 판검사를 비롯한 법조계, 언론계, 교육계, 문화계 심지어 종교계의 기득권 모두 그들이 중심이 되었다. 이승만 자신을 친일파라고 부를 수는 없을지라도, 그가 권력의 기반으로 삼은 모든 세력은 일본 식민 통치 시기와 별로 다를 바 없는 인사들로 채워졌다. 그 단적인 예로, 정권 수립 후인 1948년 10월에 설치되었던 '반민족행위특별조사위원회'가 1년여의 활동 뒤 유야무야로 끝난 사례가 있다. 7천여 명의 친일파 명부를 작성하고, 일부 대표적 친일파를 체포하는 등의 성과를 내던 특별위원회가 오히려 경찰에게 특별위원회의 사무실을 습격당하고 활동을 방해받은 사건 등을 겪으며 위축되기 시작한 것이다.

이들 일본 식민지하 기득권 세력이 한국의 독립 이후 새로 취한 존립 의의의 명분은 첫째는 반공, 둘째 친미親美, 셋째 보수, 넷째 때때로 민족주의였다. 기득권의 존립과 유지를 위해 우선 제일 중요하게 내세운 명분은 철저한 반공이었다. 식민지 시대 한국의 독립운동가들을 추적, 체포, 취조하던 조선총독부 경찰들은 대한민국 경찰이 되고, 광복군과 독립군을 적으로 삼던 일본군 장교 출신들은 한 국군이 되어 좌익 색출과 공산주의자 처단으로 그 대상만을 바꾸었다. 극단적 냉전 대결, 남북 간의 전쟁과 대립 상황에서 반공의 명분과 그 선명성은 식민지하 친일파, 곧 기득권을 누렸던 이들의 최대 피난처였다. 그리고 그들은 의존의 대상을 일본에서 곧바로 미국으로 바꾸었다. 일말의 망설임도 없이 친일파는 순식간에 친미파로 재탄생했다.

◆ ◆ ◆
감히 민족주의자로 나설 수 없는 그들의 면면

8.15 이후 남한 사회에서는 미국에 어떤 형태로든지 줄이 닿거나 영어가 조금 되고 덧붙여 기독교인이면 출세 조건으로는 그만이라는 풍조가 만연했다. 여기서 기독교는 친미 항목의 중요한 변수였다. 이는 이승만 개인의 종교가 기독교라는 점과 미국의 지원으로 탄생한 이승만 정권이 실제 '친기독교 정권'의 성향을 지녔던 것과도 관련이 있다. 당시의 기독교 지도자 대부분은 식민지 시대에 일본에 줄을 대고, 이른바 '일본적 기독교'를 소리 높여 부르짖던 인사들이었다. 여기서 식민지 시대의 기득권층이며 일본에 대한 협력 세력, 즉 친일파로서의 행적은 아무런 문제가 되지 않았다.

이후 군사 쿠데타로 정권을 잡은 박정희 정권에서도 이러한 기조는 다름이 없었다. 애초에 박정희 스스로가 일본군 장교 출신으로 이른바 식민지 기득권 세력이었다. 심지어 그는 개인적으로 천황에게 혈서로 충성을 맹세한 적도 있는 열혈 일본군 장교였다. 그와 그를 둘러싼 세력의 정권 운용은 이전 정권보다 더욱 교묘했다. 반공을 승공이나 멸공이라는 용어로 바꾸어 철저히 명분화하는 것은 물론이고 대일본정책도 바꾸었다. 시대적 요청도 있었지만, 그는 적극적으로 '한일 국교 정상화'를 서두르고 실행했다. 일부는 그의 과거 친일 행적과 인맥 등이 여기에 가동되었을 거라고 평가하기도 한다. 그러나 그보다 그의 일본 이용은 더욱 실리적인 측면이 있었다. '대일청구권'을 이용해 정권의 최대 목표인 경제 개발의 바탕을 마련하는 일이었다. 그리고 아주 드물게 대일정책에서는 민족주의 이념을 표방하기도 했다. 즉, 박정희 시대 이후 한국의 보수 기득권 세력은 유독 민족주의를 일본과의 관계에서만 부분적으로 사용했다. 남북 관계나 대미 관계에서는 민족주의가 슬그머니 빠지고, 대일관계에서만 민족주의가 등장하는 선별적 이용이었다. 이는 식민지 기득권 세력과 그 후예들이 사실상 민족주의를 내세울 수 있는 신뢰도가 없기 때문이다.

◆ ◆ ◆

한국의 지배 기득권 세력은 언제나 그대로 유지되어 왔다

1935년생으로 현재 런던대학 명예교수인 마르티나 도이힐러 Martina Deuchler(1935~)의 한국학 연구는 세계적으로 인정을 받는다. 그녀는 최근에도 한국을 방문해 자신의 지론을 밝혔다. 한국 사회는 신라 시대 초기부터 19세기 후반, 즉 조선 시대 말기까지 1천 5백여 년간 기득권 '출계 집단'(씨족, decent group)이 지배하는 사회가 계속되었다는 주장이다. 삼국 시대에서 고려 그리고 조선으로 국호가 바뀌고, 종교나 시대의 근본이 되는 가치관 등이 바뀌었다고 해도 지배적 기득권 세력은 변함없이 유지되었다는 주장이다. 물론 부분적으로 보완해야 하거나 설명을 더 해야 할 부분도 있으나, 전체적 흐름에 대한 진단으로는 비교적 정확하다. 그러나 필자는 기왕의 그녀의 논의에 한 가지를 덧붙인다. 그것은 일제강점기인 식민지 시대 그리고 그 이후 시대 한국의 정치, 사회, 경제, 문화 권력의 계승에서도 다름이 없다는 것이다. 이러한 측면에서 식민지하 기득권 세력, 즉 친일파에 대해서도 재인식해 나갈 필요가 있다.

일본 식민지하 친일파는 끊임없이 자신들과 그들의 가족, 씨족의 사욕을 추구해 왔다. 일본과 친밀한 것은 그들의 목표를 수행하고 유지하기 위한 수단에 지나지 않았을 뿐이다. 역사에 '만약'이라는 말은 없지만, 만일 한반도가 당시 일본의 식민지가 아니라 러시아의 식민지가 되었다든가 아니면 여전히 중국의 영향력 아래 놓여 있었다면 그들은 분명히 친러파, 친중파가 되었을 것이다. 그들이 지키고자 하는 것은 새로운 비전도, 민족공동체의 미래도, 때로는 대의명분도 아니었다. 자신과 자신이 속한 좁은 공동체의 사사로운 이익이 중요한 과제였을 뿐이다.

2009년 11월 한국의 '민족문제연구소'는 지난했던 작업 끝에 식민지하에서 기득권을 누려 온 이른바 친일파 4,389명의 행적을 담은 사전을 발간했다. 8.15 이후 64년 만의 일이다. 이것은 그들의 과오를 정죄하는 의미라기보다는 기록해 두는 데 그 의의가 있을 것이다.

그러나 그들과 그들의 후예들은 이미 친일파가 아니라 친미파로 혹은 친중파로, 때로는 다른 기득권의 종주를 향해 변신의 길을 걸었다. 그들은 사실상 이름으로는 친일파로 남아 있다 하더라도, 일본에 대해서도 철저히 배신을 택한 지 오래된 이들이다. 따라서 이들에 대한 역사적 정리는 새로운 한일 관계의 정립을 위해서도 필요한 일이 아닐 수 없다.

김일성주의와 근대 천황제

2018년 여름 '옴진리교'의 옛 교주를 비롯한 간부들, 특히 지하철 사린가스 사건* 관련자에 대한 사형집행이 진행되었다. 이로써 이 사건에 대한 법률적 처리, 정부의 정리 과제는 종결된 것으로 보인다. 사건으로부터 무려 23년여 만이다. 그러나 당시 목숨을 잃은 피해자들의 유족, 부상을 입은 이들, 정신적 트라우마를 겪고 있는 이들의 고통은 지금도 현재진행형이다. 더구나 최근 옴진리교는 이름을 바꾼 몇 개의 분파 형태로 일부 계승자들이 포교를 지속하고 있다고 알려져 있다. 이미 다 아는 사실이지만, 옴진리교의 일련의 사회적 충격 사건은 사이비 종교 집단의 정치 세력화 지향 과정에서 발생했다. 그들은 종교 집단으로 출발했으나, 무모한 종말론적 혁명 조직 실현이라는 정치적 목표를 설정한 것이다.

---

* 1995년 3월 20일 오전 8시경, 옴진리교가 도쿄 도심 지하철에서 화학적 살상 가스인 사린을 살포하여 시민과 역무원 등 13명이 사망하고, 약 6,300명이 중경상을 입은 초유의 종교 테러.

홍수전의 '태평천국'도 종교로 시작했다

중국 청나라 말기, 홍수전洪秀全은 이른바 계시를 받아 종교 단체를 조직하고 태평천국 운동을 전개했다. 그 모델은 기독교의 지상천국설이었으나 곧바로 과격한 정치 운동으로 변화했다. 홍수전을 천왕으로 옹립하며 정부군과 대치하였고, 한때 대규모 세력이 형성되어 난징(南京, 天京)을 태평천국의 수도로 삼고는 거점을 확대해 나갔다. 그들은 차별 철폐와 평등 세계에 대한 열망을 가진 다수 민중, 특히 여성들의 지지를 받았다. 그리고 종교적 카리스마와 이상적 정치 이념을 일치시키며 당시 중국 사회에 큰 충격을 주었다. 하지만 청나라가 전열을 정비하여 대응하면서 내부 분열로 몰락의 길을 걸었다. 결국 1864년 홍수전이 죽고 20여 일 후, 태평천국의 수도 난징이 함락되면서 이 운동은 공식적으로 막을 내렸으며 그의 후계자들도 체포되거나 전사했다.

역사상 모든 종교는 정치 지향적이다

일제강점기 말인 1944년 4월 박동기朴東基는 기독교계 신흥 종교인 '시온산성일제국'을 창설했다. 장로회 전도사로 활동하던 그는 신사참배를 거부하다가 경찰에 수난을 받았고, 산속으로 피신한 뒤 계시를 받았다고 했다. 그의 신흥 종교 조직은 일본의 패망과 연합국의 승리를 선전하고, 독립 투쟁을 선언했다. 그리고 시온산제국헌법을 선포하고 종파 조직 내에 정부 조직을 구성했으며 독립적 연호를 만들기도 했다. 해방 직전인 1945년 5월 박동기와 신도 33명이 조선총독부 경찰에 체포되었고, 단체는 해산되었다. 해방 후에 재건되었으나, 국기 배례 거부 등으로 한국 정부와 다시 갈등을 빚었다.

이상의 역사적 예는 종교의 직접적인 정치 지향 예이다. 그러나 이것은 동아시아에서 사건화된 몇몇 사례에 지나지 않는다. 역사상 혹은 현존하는 대부분의 종교가 어떤 형태로든 정치에 영향력을 행사하거나 관여하려는 관성을 지니고 있다. 이러한 속성에는 세계적 종교든 혹은 지역을 중심으로 하는 토착적 군소 종교든 별반 차이가 없다. 특별한 내세 지향, 피안적 신비주의 성향의 일부 수도자형 종교는 예외일 수 있으나 대부분의 역사상 종교는 정치 지향적이다. 이런 면에서 본다면 근대 국가의 한 특징으로 자리하는 정교분리는 국가 권력으로부터 종교와 신앙(양심)의 자유를 보장하고자 하는 목적이 중심이기는 하지만, 한편으로는 무분별한 종교 집단의 정치 세력화 현상을 경계하는 의미도 함축하고 있다.

✦✦✦
근대 천황제는 '초종교'였다

앞에서 종교의 정치 세력화 현상이나 종교 집단의 정치 지향 목표의 예를 일부 살폈으나, 여기서 총체적으로 재론해야 하는 것은 역시 정치에서 종교적 카리스마 이용의 문제이다.

일본의 근대 국가 형성사에서 근대 천황제 이데올로기는 '초종교'로 규정되었다. 즉, 천황제 국가의 정치적 카리스마가 분명히 종교적 성격을 강력히 표방했음에도 이는 다른 종교적 권위와 충돌을 빚지 않는다는 것이다. 천황의 권위와 국가신도는 모든 종교의 권위 위에 위치하는 것으로서 종교 신앙의 양심과 충돌하는 차원의 것이 아니라는 논의였다. 이러한 논리는 신사참배를 확대하고, 강제하는 시대에는 신사비종교론*으로 전개되었고, 여기에 반대하는 크리스천을 비롯한 종교적 신념을 강하게 지닌 사람들을 설득하는 제일 논리였다.

즉, 천황의 신민인 일본 국민이 개인적으로 어떠한 종교 신앙을 지니더라도, 초종교에 해당하는 천황 숭배 및 국가신도 참배와 서로 충돌하거나 배치되지 않는다는 것이다. 종교와 종교 간에는 서로 상

---

* 신사참배는 일본의 국가 행사일 뿐 종교성은 없다는 견해.

충하거나 갈등할 수 있지만, 초종교와 종교는 그것이 종적인 순번으로 위치하기 때문에 갈등이 초래될 이유가 없다는 것이다. 이러한 종교와 정치 카리스마의 재편 논의는 파시즘 절정기 일본 정치의 독특한 사례로 그 특징을 검토할 필요가 있다. 즉, 대부분의 경우, 최고의 정치 카리스마를 종교 차원으로까지 전개하는 것이 보통이다. 정치의 종교화라든지 정치 지도자의 신격화 같은 개념이 대부분 이에 속한다. 그러나 이 시기 일본의 정치적 카리스마는 종교의 차원을 넘어서 초종교의 위치까지 격상되었다. 이는 정치 카리스마의 종교적 차원의 단계를 넘는 것으로 초종교의 위치에 선 정치 카리스마에 모든 종교 권위를 복속, 예속시키는 차원이었다. 당시 일본 기독교계와 일본 신학에 부여된 엄밀한 의미의 과제는 기독교를 천황제 이데올로기 아래 원만히 예속시키는 목표 수행이었다. 물론 여기에 반대한 소수의 견해도 존재했음이 사실이다.

✦ ✦ ✦

북한의 주체사상 역시 '초종교'

물론 근대의 일본, 현재의 북한 정치만 종교적 카리스마와 관련지어 볼 필요는 없다. 다수의 원리주의 이슬람 국가를 비롯해서 종교와 정치가 불가분의 관계에 놓인 사례는 얼마든지 있다. 이미 언급했지만, 헌법과 법률로 규정한 대다수 근대 국가의 정교분리 원칙하에서도 종교와 정치는 복잡한 형식으로 상호 관여하고 영향을 주고받는다. 그럼에도 북한 정치의 종교적 카리스마 특징은 두드러진다.

정치, 경제, 사회, 문화의 모든 측면에서 주체사상이 북한의 기축인 것은 두말할 필요가 없다. 김일성주의로도 환언되는 주체사상은 정치적 통치이념에서 출발한 것이지만, 이제는 북한 현대사의 기저 사상의 위치로 확산되어 그 사회의 궁극적 바로미터가 되고 말았다. 굳이 비교해 보자면 근대 이후 일본에서 성립되었던 근대 천황제 이데올로기의 실행 및 구현 과정과 유사한 특징이 있다. 예를 들어 북한에서는 종교적 권위에서도 특히 어느 종교보다 신앙적 아이덴티티가 강하고 배타적이라고 할 수 있는 기독교에서조차 '주체적 기독교'라는 용어를 발견할 정도이다. 다시 말하면 북한의 기독교 신학의 여전한 과제는 주체 기독교의 성립, 지나치게 말하면 기독교를 주체사상 아래 원만히 예속시키는 것에 있다고 볼 수 있다. 이러한 측면을 고려하면 뚜렷한 용어로 규정할 수는 없다고 해도 북한의 종교적 정치 카리스마는 이미 초종교의 단계로 이행되었는지 모른다. 바로 이러한 북한 정치의 특성을 객관적으로 파악하는 것이 남·북 화해, 동아시아 평화 구축을 위해 각별하게 요구되는 이해의 한 과제라고 할 수 있다.

일본을 탓하지 않았던 3.1운동*

1919년 2월 8일 도쿄 유학생 독립 선언은 3.1운동의 가장 중요한 선행적 사건이요 기반이 되었다. 즉, 도쿄 유학생들의 독립 선언 움직임과 중국에서의 독립운동 단체 그리고 국내의 독립 선언 운동 조직 간의 유기적 삼각 연대의 결과가 3.1운동의 직접적 배경이었던 것이다.

도쿄 유학생들의 독립 선언은 그야말로 식민 지배 세력의 심장부 한가운데에서 벌인 독립 선언이었다. 식민지 조선의 입장에서 본다면 주변으로부터 중앙, 제국주의의 본체, 본령의 한가운데서 과감하게 한국의 독립을 도모한 것이다. 도대체 2.8 독립 선언에서 도쿄가 지닌 위치적 의미는 무엇이었던가.

2.8 독립 선언서의 초안자는 춘원 이광수로 알려져 있다. 그는

---

* 이 컬럼의 내용은 2019년 2월 9일 도쿄재일한국YMCA에서 개최한 2.8 독립 선언과 3.1운동백주년기념 국제 심포지엄에서 필자가 발표한 내용을 바탕으로 작성하였다.

훗날 이른바 친일파의 대표 격으로 역사적 비판을 받았으나, 한국 근대문학 선구자로서 1919년 3.1운동 당시에는 2.8 독립 선언서의 기초, 그 후 중국에서의 독립운동 참여 등 빛나는 업적을 지닌 것 또한 사실이다. 이광수는 일찍이 일본에 유학하여 메이지학원(明治学院)에서 공부했고, 귀국 후 한때 오산학교에서 가르치다가 도쿄에 재차 유학하여 와세다 대학에서 공부했다. 특히 그가 기독교를 비롯한 서구의 선진 사상을 처음 접한 때는 메이지학원 유학 시절이었다. 메이지학원은 선교사가 설립한 기독교계 교육기관으로는 일본 최초

1909년 메이지가쿠인 재학 중인 이광수(앞 줄에서 세 번째 줄, 오른쪽에서 세 번째 인물), 앞 줄에서 두 번째 줄, 왼쪽에서 세 번째 인물은 메이지가쿠인 교사로 재일선교사인 랜디스(H.M. Landis)이다. 그는 '2.8도쿄유학생독립선언서'의 영문판 번역에도 관계한 것으로 전한다. 이 사진 앞 줄에서 세 번째 줄, 왼쪽에서 두 번째 인물은 이광수의 동급생으로 역사가이자 언론인으로 유명한 문일평文一平이다(메이지가쿠인대학 소장).

의 학교이다.

내가 성경을 읽고 예배당에 다닌 것도 내 몸과 마음을 깨끗하게 할 양이었다. 나는 마음에 있는 구린 것을 버리면 자연히 몸에서 향기가 날 것을 믿었다. 나는 내 얼굴과 손발과 몸매를 아름답게 할 수 없는 것이 슬펐다. … 추운 겨울밤 같은 때 길을 가다가 떨고 지나가는 거지를 보고 외투를 벗어 준 일도 있고, 어떤 서양사람 거지에게는 스웨터와 주머니에 있는 돈을 온통 털어주고 내복만 있고 집에 돌아와서 여러 사람의 의심을 받은 일도 있었다. 바른손이 하는 일을 왼손에게도 알리지 말라 하신 예수의 말씀을 따라서 이러한 말은 아무에게도 일체 말을 하지 않았다.
— 서정민, 「이광수와 그리스도교」, 『이광수는 누구인가』 (かんよう 出版, 2014, p.237).

일본 도쿄에서 기독교 사상과 그 가치를 접하고 이를 실천한 이광수를 발견할 수 있다. 이광수 연구가나 평론가들에 따르면 이광수는 그 후 서구 철학, 특히 칸트에 심취했고 러시아의 문호 톨스토이에 깊이 빠진다. 이광수를 비롯한 한국인 유학생들은 일본에서 일본인 교사와 일본어 서적으로부터 근대사상과 인권, 자유에의 신념, 나아가 기독교까지 접했다. 조국의 주권을 빼앗고 식민 통치를 하는 일본 제국주의의 한가운데에서 오히려 미래, 희망, 새로운 가치, 자유에의 회원을 발견한 것이다. 그것은 최팔용, 윤창석, 김도연, 이종근, 송계백, 김철수, 최근우, 백관수, 김상덕, 서춘 등 도쿄 2.8 독립 선언의 주역들이 공통적으로 경험한 일이었다.

◆ ◆ ◆

세계 평화와 인류 문화에 공헌할 것을 확신하다

새로운 사상의 도전, 기독교 정신과 신앙의 접목, 동지적 연대와 자신감 그리고 마치 태풍의 눈과 같은 중심부의 여유로서의 도쿄의 분위기가 2.8 독립 선언의 한 바탕이라고 볼 수 있다. 1918년 유학생 송년회에서 동지들의 이 같은 생각이 의기투합되고, 1919년 1월 6일에 개최된 유학생 웅변대회에서 구체적인 의견통일이 이루어졌다. 그리고 마침내 그해 2월 8일 도쿄 한인YMCA회관에 400여 명의 유학생*이 모여 조선의 독립을 선언한 것이다. 이러한 활동 전후, 사전에 서로의 뜻을 상호 교감한 중국의 신한청년당을 대표하여 장덕수 등이 일본에 파송되기도 했다.

…우리 민족은 유구한 전통 속에 고상한 문화를 지녀왔고, 반만년

---

* 당시 도쿄 조선 유학생 전체 규모가 6백여 명으로 추산되는 것을 볼 때 당시 도쿄 조선 유학생의 2.8 독립 선언 참여 열의를 짐작하고도 남는다.

이상 국가를 세워 경영해 온 경험을 지녔다. 비록 다년간 전제 정치하에 해독과 한때의 불행이 우리 민족의 오늘날의 수난을 가져왔으나 정의와 자유를 기초로 한 민주주의 선진제국의 본을 따라 신국가를 건설한 후에는 건국 이래 줄곧 문화와 정의와 평화를 애호해 온 전통을 지닌 우리 민족으로서 세계의 평화와 인류 문화에 공헌해 나갈 것을 믿는다.

— 「도쿄 2.8독립선언서」 중 (일부 현대어 표현으로 고침)

여기에는 우선 민족의 역사와 전통, 문화와 사상에 대한 자부심이 깔려 있다. 그리고 정의, 자유, 민주주의에 대한 염원, 새로운 독립 국가를 세운 이후에는 세계 평화와 인류 문화에 대해 기여할 것을 다짐하는 지극히 긍정적이고 미래지향적인 선언문이다. 이것은 그대로 3.1운동의 정신적 기반으로도 이어져 가장 중요한 바탕이 되었다. 이 2.8 독립 선언문의 말미에 수록된 결의문은 최후의 혈전까지를 선언하고 있으나 실제로 그 궁극적 목표는 평화에의 염원, 비폭력 평화 사상에 의거한 독립 실현의 추구였다.

1. 우리는 한일합병이 우리 민족의 자유의사에 의하지 않고, 우리 민족의 생존 발전을 위협하고 동양의 평화를 뒤흔든 원인이 됨으로 독립을 주장한다.
1. 우리는 일본 의회 및 정부에 조선민족대회를 소집하여 대회의

결의로 우리 민족의 운명을 결정할 기회를 만들어줄 것을 요구한다.

1. 우리는 만국강화회의에 민족자결주의를 우리 민족에게 적용하기를 요구한다. 위 목적을 전하기 위해 일본에 주재하는 각국 대사에게 우리의 의사를 각각의 해당 정부에 전달하기를 요구하고 동시에 위원 3인을 만국강화회의에 파견한다. 위 위원은 앞서 파견된 우리 민족 위원과 함께 행동한다.

1. 앞의 모든 항목의 요구가 실패할 때에는 일본에 대하여 영원히 혈전을 선언한다. 이로써 발생하는 참화는 우리 민족이 그 책임을 지지 않는다.

—「도쿄 2.8독립선언서 결의문」

◆ ◆ ◆

동양 평화를 함께 추구해 나갈 협력자로서 일본을 생각하다

3.1운동은 한국 민족사 전체로 보아도 가장 괄목할만한 역사적 사건이며 그 의의 또한 매우 크다. 엄밀히 보면 독립 선언으로서는 당장 결과를 도출하지 못한, 현실적으로는 실패한 운동인 이 운동이 그토록 높은 역사적 평가를 받는 이유는 무엇일까.

그 역사적 의의를 정리해 보면 첫째, 3.1운동은 동시대 세계사적으로도 식민지 민족운동의 사례 중 가장 모범적이고 확고하며 강력한 운동으로 평가받고 있다. 이는 종합적인 측면으로 그 이념, 방식, 절차를 모두 일러 평가할 수 있는 특징이다.

둘째, 운동의 진행과 방법이 완전한 비폭력 평화운동이었다. 3.1운동의 참여 인원, 전국적 확산과 이에 대한 조선총독부의 무력 대응 등의 양상을 볼 때 이 운동이 끝까지 비폭력운동으로 전개되었다는 것은 불가사의할 정도이다. 비록 초기의 운동 방식과 노선의 결정이 비폭력 평화운동으로 결정되었다고 해도 전개 과정에서 양상의 변화를 보일 가능성이 농후하였으나 전체적으로 끝까지 평화운동의 대오를 유지한 것이다.

셋째, 3.1운동이 일어나기 2년 전인 1917년에 러시아에서 볼셰비키 프롤레타리아 혁명이 일어난 바 있다. 이후의 대부분 대중 운동과 혁명에서는 계급 투쟁인 러시아 혁명의 영향이 논의된다. 그러나 3.1운동은 계급 운동으로 전환되지 않았고, 끝까지 민족독립운동의 범주를 지켰다. 즉, 이 운동의 성격이 민족 내부의 계급 갈등을 넘어서는 민족 통합으로 독립 선언 운동으로서의 성격을 유지했다는 의미이다. 일부에서 3.1운동의 양상 중에 계급 투쟁의 요소도 엿보인다는 분석이 있지만 전체적인 운동의 특성으로서는 사회주의 혁명 노선과는 확연히 구별되는 운동이 아닐 수 없다.

넷째, 3.1운동이 평화운동의 기조를 지킬 수 있었던 제일 큰 요소는 저항의 대상인 일본을 결코 적으로만 보지 않았다는 점에서 찾을 수 있다. 즉, 한국의 독립이 실현되는 것이 목적으로, 그동안 소의少義를 저지른 일본을 책責하지 않는다는 선언이다. 오히려 독립 달성의 순간부터 동양의 평화와 세계 평화를 함께 추구해 나갈 협력자로까지 보는 관점이다. 이는 대의이며, 평화정신의 큰 바탕이다. 이러한 성숙한 정신성이야말로 3.1운동의 역사적 가치를 평가하는 척도가 아닐 수 없다. 사실 현재의 대한민국 헌법, 국가 설립의 정통성도 3.1정신이 그 기반이다.

여기서 3.1독립선언서의 일부를 인용하여 그 바탕 정신을 살펴본다.

일본의 잘못에 대한 책임을 물으려 하지 않는다. 스스로의 과오를 반성하기에 급한 우리가 다른 이의 잘못을 논할 여유가 없다. 현재의 과제를 해결하는 것이 급한 우리가 다른 것을 탓할 겨를이 없다. 오늘날 우리의 할 일은 오직 스스로의 건설이 중요할 뿐이요, 결코 남을 공격할 처지가 아니다. 엄숙히 양심에 따라 스스로의 새로운 운명을 개척해 나갈 것이요, 결코 지나간 원한에 연연하거나, 감정적으로 다른 이를 배척하고자 하는 것이 아니다.

— 「3.1독립선언서」 중 (전체적으로 현대어로 고침)

3.1운동의 중심에 기독교가 있었다

그런데 이 3.1운동을 종교인들이 주도했다는 점에 주목하지 않을 수 없다. 그중에서도 당시로 보면 신흥 외래 종교에 지나지 않은 기독교가 그 중심에 있었다. 우선 기독교가 3.1운동에 기여한 점을 세 가지로 나누어 살필 수 있다. 첫째로 운동의 이념과 준비 단계의 추진 동력에 이바지한 공헌, 둘째로 운동의 진행을 위한 네트워크 그리고 연통과 일치된 운동 확산의 연결축으로서의 공헌, 셋째로 운동 이후의 책임 및 희생 감수의 사후 공헌이다.

첫째, 3.1운동은 제1차 세계대전 이후의 세계정세, 특히 미국 윌슨 대통령의 민족자결주의 원칙과 1919년 파리평화회의 개최 조류 등이 국내외 한국 독립운동 세력에게 전달, 고무되면서 큰 반향이 일어났다. 그리고 이를 구체화시켜 나간 중국의 여운형과 신한청년당, 일본 도쿄의 유학생학우회, 국내의 서북지역 운동 세력 등 이 삼각 꼭지점은 대부분 기독교인들이 주축인 공동체였다. 여기서 실제적인 3.1운동 계획, 사전 독립 선언 준비, 조직의 연결과 확산, 운동의 방향성과 방법론이 집약되었다. 이는 준비와 정신, 노선에서 기독교가 기여한 역할이다.

둘째, 일제강점기 초기 10년, 즉 1910년부터 19년까지의 통치 방식은 강력한 무단통치로 국내에서 한국인들의 자율적 조직이나 연통 구조가 완전히 상실 혹은 일제에 장악된 상태였다. 초기 조선총독부는 강력한 통제로 교통과 통신 그리고 전국 조직 등을 완전히 장악했다. 이러한 상황에서 미미하게나마 유일하게 빈틈을 노릴 수 있는 조직은 기독교의 교회조직, 기독교계 학교, 병원 등의 연계망이었다. 이러한 기독교의 직간접 조직은 3.1운동의 거의 유일한 네트워크였다. 민족 대표 33인 중 16명이 기독교인이었다. 대표적 기독교 학교인 연희전문의 김원벽, 세브란스병원의 이갑성, YMCA의 박희도 등으로 상징되는 전국의 기독교 조직이 가동되었다. 그리고 전국의 각 운동 거점인 대도시는 기독교 선교의 스테이션으로 교회, 기독교 학교, 병원 등이 세워져 있었다. 이곳이 대부분 3.1운동의 점화와 확산의 중심지였다. 이러한 조직망이 가동하지 못했다면 3.1운동 자체가 진행될 수 없었을 것이다.

셋째, 3.1운동의 즉각적인 결과는 실패였다. 조선총독부는 이 운동의 책임자들을 가려 처단하였고, 그 책임을 집요하게 물었다. 당연히 그 주목의 대상은 기독교인들이었다. 1919년 5월 총독부 통계만 해도 3.1운동으로 수감된 사람이 9,059명인데, 그중 기독교인이 2,036명으로 전체의 22.5%를 차지한다. 1919년 6월의 헌병대 자료에 따르면 3.1운동으로 검거된 이들 가운데 종교를 가진 자 중에는 기독교인 비율이 무려 52.9%에 달했다. 특히 여성 피검자 중 65.6%가 기독교인이라는 사실은 여성 크리스천의 참여, 희생의 폭을 말해 준다. 당시 인구 약 1천 6백만 명 가운데 프로테스탄트 기독

교인을 23만 2천 명 정도(기독교와 협력하여 3.1운동을 일으킨 종교인 천도교는
약 1백만 명의 신도)로 추산하는데, 3.1운동 후 21만 명 정도로 프로테스
탄트 기독교인의 신자 수가 줄었다는 통계가 있다. 그 밖에 평남 강
서에서 기독교인 43명, 간도, 평북 정주, 의주 그리고 수원의 제암리
와 화수리, 수촌리 등에서는 일본 군대가 자행한 기독교인 집단 학
살 사건도 벌어졌다. 1919년 당해 연도에는 장로교, 감리교를 불문
하고 지도자, 교인들이 대부분 감옥에 있어서 총회와 연회가 제대도
열리지 못할 만큼 피해와 희생이 컸다.

♦ ♦ ♦
일본 기독교계의 두 갈래 흐름

한편 이 운동에 대한 일본 기독교의 반응을 살필 필요가 있다. 우
선 조선전도론을 실행하기 위해 한국에 주재하며 활동하던 와타세
츠네요시(渡瀬常吉, 1867~1944, 일본조합교회 조선 선교사)와 같은 인물은 3.1
운동을 한국 기독교인들의 편협한 애국심과 유대주의적 미성숙한 신
앙심으로 일어난 소요 사태라고 진단했다. 한국 기독교인의 신앙 양
태가 이 문제를 일으킨 근본 원인이라고 본 것이다. 조선총독부와 같
은 견해를 보이며 특히 한국 기독교인들의 잘못된 신앙 양태가 그 원
인인 양 몰아갔다. 반면 요시노 사쿠조(吉野作造, 1878~1933, 도쿄제국대 교
수)와 같은 진보적 크리스천 정치학자는 조선총독부의 차별정책, 조

선인에 대한 공정치 못한 정책으로 야기된 불만을 그 원인으로 보았다. 일부 식민 통치에 대한 비판적 논의는 있었으나 근본적인 진단은 될 수 없는 견해였다. 따라서 그 해결책 역시 조선인에 대한 차별을 철폐하고, 통치 방식을 유화적으로 변경해야 한다는 점을 강조했다.

이러한 요시노 등의 진단에 의거, 결국 3.1운동의 사후 처리에서 식민 통치의 방법론 개선을 권고하는 입장 개진 정도가 일본 크리스천의 3.1운동 인식이었다. 이 중에서 주목되는 인물은 조합교회의 가시와키 기엔(柏木義円, 1860~1938, 일본조합교회 목사)인데, 그는 와타세의 입장을 구체적으로 강력하게 비판했다. 그러나 가시와키도 한국인의 독립 열망을 지지하는 선까지는 나아가지 못했다.

한편 제암리 교회 사건이 알려지고, 3.1운동 이후 일본 헌병과 조선총독부의 기독교인 학살 사건 등이 터지자, 일본 기독교인들은 일부 그 입장의 전환을 보인다. 앞서 가시와키 기엔은 학살 책임자에 대한 엄중한 문책, 죄악상에 대한 해명 등등을 강력히 요구했다. 그리고 마침내 사이토 이사무(斉藤勇, 1887~1982, 영문학자)와 같은 크리스천은 〈어떤 살육사건〉이라는 참회와 경고의 시를 쓰기도 했다.

만약 이것을 부끄러워하지 않는다면,
저주 있을진저, 동해 군자의 나라여
— 사이토 이사무, 〈어떤 살육사건〉 중, 「복음신보福音新報」 1247
호(1919. 5. 22.)

3.1운동 당시 일본 크리스천의 입장은 일본제국에 대한 철저한 협력과 병진, 인도주의적 도덕성과 신앙적 양심 사이에서 혼란하고, 방황한 흔적이 여러 사료에 보인다. 물론 그 이후의 한일 기독교사는 다시 파도와 같은 전개를 거듭하지만, 양국 기독교 역사의 관점에서도 이 운동을 재고할 필요가 있다.

♦ ♦ ♦

'주권재민'의 혁명으로서 3.1운동

3.1운동은 결코 실패한 독립운동만은 아니다. 그 1개월 남짓 후인 1919년 4월 11일 중국 상하이에서 대한민국 임시정부가 설립되었다. 제한점은 있지만 독립 국가의 성립이 실현된 것이다. 그런데 중요한 것은 이 대한민국의 정치 체제와 국가 기반의 사상 특성이다. 1910년 이른바 한일병합 직전의 한국은 군주제 국가였다. 엄밀히 말하면 나라의 주인은 군주였고, 국민은 그의 백성이었다. 따라서 주권 독립을 상실한 국가가 독립운동을 전개한다 함은 대개 주권을 상실하기 이전의 상태로 주권 독립을 회복한다는 의미이다. 이에 따르면 식민지 조선의 독립운동이란 나라를 되찾아 군주에게 되돌리는 운동이 될 수도 있는 것이다. 그러나 3.1운동의 정신과 그것을 바탕으로 세워진 대한민국 임시정부의 국가 설립 바탕 기조는 주권재민主權在民에 있었다. 즉, 나라를 빼앗기고 10년도 채 되지 않은

상태에서 거족적으로 일어난 3.1운동의 바탕 정신에는 '주권재민'이 깔려 있었던 것이다. 이러한 정치 사상의 성숙을 서구 국가의 역사 변천이나 그 밖의 경우와 비교해 본다면 주권재민, 민주주의 사상 형성의 성숙한 계기로서도 이 운동에 대한 또 다른 평가가 가능하다.

상하이 대한민국 임시정부가 주권재민을 기초로 한 민주공화제를 선언한 것은 한국 독립운동의 일환으로서의 의의뿐만 아니라 아시아 정치사, 세계적인 민주주의 국가 체제 진전의 역사에서도 괄목할만한 사건이다.

한국인이 잊을 수 없는 일본인
― 노리마츠 마사야스, 소다 가이치

노리마츠 마사야스(乘松雅休, 1863~1921)의 삶을 전하는 구전 속에는 그의 한국인 동지와 친구들이 이런 말로 그를 칭했다는 이야기가 전한다.

우리는 토요토미 히데요시(豐臣秀吉)의 일본은 미워한다.
우리는 이토 히로부미(伊藤博文)의 일본은 싫어한다.
그러나 노리마츠 마사야스의 일본은 사랑한다.

근래 필자와 노리마츠에 관한 이야기를 나누던 한 친구는 최근의 한일 관계를 떠올리며, 요즘 같았으면 "아베 수상의 일본도 싫어한다"고 덧붙였을지 모른다는 '조크'를 하기도 했다.

노리마츠, 그는 한일 관계가 가장 불행했던 시기에 한국에 살며 한국인과 함께 애환을 나눈 일본인 전도자이다. 청빈한 생활을 하며 자신의 모든 것을 바쳐 이웃인 한국인에 대한 사랑을 실천한 인물이다. 그의 성자에 가까운 듯한 전도자의 삶은 당시 한국과 일본의 경계를 넘어 세상에 감동을 전하였다.

◆ ◆ ◆

노숙 전도자

그는 1863년 8월 25일 지금의 시코쿠(四国) 에히메(愛媛)현 마츠야마(松山)에서 출생했다. 20대 때 새로운 미래를 꿈꾸며 상경해 기독교를 접하고, 1887년 '일본기독공회'에서 이나가키 아키라(稲垣信, 1848~1926) 목사에게 세례를 받았다. 이어 메이지학원 신학부(明治学院神学部)에 입학하였고, '일본기독교 일치교회'에서 교역자의 길을 걸었다.

메이지학원 재학 중 영국계 신앙 운동 그룹인 플리머드형제단(Plymouth Brethren, 기독동신회)에 참여해 일본 각지에서 개척 전도 활동을 했다. 청일전쟁 직후에는 한국 선교사를 자원하여 단신으로 한국에 왔다. 그는 역사상 일본인 최초의 한국 선교사이다. 서울과 수원 지역에서 활동을 시작하고, 같은 교파 일본 선교사인 브랜드H. G. Brand 등의 지원을 받아 1899년 9월에는 신약성서 로마서를 별도 간행하기도 했다.

노리마츠가 한국에 내한할 무렵은 '을미사변' 직후여서 일본인에 대한 한국인들의 감정이 대단히 안 좋던 시기였다. 어렵게 한국인 협력자 조덕성을 만나 한국어를 배우면서 곧바로 거리의 전도 활동을 시작했지만, 한국인들의 냉대는 말할 수 없을 정도였다. 심지어는 누울 거처를 구할 수 없어 추운 날씨에도 노숙하기 일쑤였다고 한다. 그러나 그는 한결같이 기독교 전도자의 정신으로 최선을 다해 한국인을 이해하고, 사랑을 실천했다.

◆ ◆ ◆

노리마츠 부부 기념비

독신으로 활동하던 노리마츠는 잠시 고국으로 돌아가 결혼한 후 부부가 함께 다시 한국으로 돌아왔다. 1900년 경기도 수원 시내에 아주 작은 집을 마련하고 전도 활동을 재개했다. 그리고 신혼집 마당에 감나무 한 그루를 심었다. 수년 후 감나무에 감이 열렸다. 감을 수확한 후 반절을 나누어 옆집으로 가져갔다. 감나무가 땅속에서 담장 구분 없이 자양분을 취하여 열매를 맺은 것이니 그 결실의 반은 이웃의 몫이라는 말이었다. 이에 감동한 이웃이 노리마츠의 인품과 신앙에 반하여 그의 전도를 받아들였다는 일화도 전해진다.

노리마츠는 가난했다. 넉넉하지 못한 선교비는 대부분 자신 이상으로 가난한 이웃 한국인을 돕는 데 썼다. 하루 중 먹는 끼니보다 굶는 끼니가 더 많은 가난한 나날이 지속되었다고 한다. 노리마츠 부인이 배고픈 한국 청년들, 동료 전도자들에게 먹을 것을 대접하기

수원 동신교회 경내에 있는 노리마츠 마사야스와 그 부인의 무덤과 기념비

위해 머리카락을 잘라 끼니 비용을 마련한 경우가 한두 번이 아니었다고 한다. 마침내 부인은 영양실조로 병을 얻었고, 33세의 젊은 나이에 어린 4남매를 남긴 채 한국에서 생을 마감했다.

부인과 사별하고, 스스로도 영양실조로 폐결핵에 걸린 노리마츠는 1914년 귀국했다. 1919년 3.1운동 당시에는 조선총독부 정책에 항의하는 뜻을 주위에 적극적으로 밝혔다고 한다. 그는 1921년 2월 12일 57세를 일기로 세상을 떠났다. 유언으로 아내가 잠들어 있는 한국 수원 땅에 묻어줄 것을 간청하였는데, 그의 삶에 감복한 일본의 기업인 이가라시 겐지(五十嵐健治, 백양사白洋社 창설자) 등의 주선으로 한국에 묻혔다. 처음에는 수원 광교산 기슭에 무덤을 만들었다가 지금은 이전하여 그가 설립한 수원 동신교회 경내에 있다. 다음과 같은 기념비가 세워져 있다.*

> 살고 죽기를 모두 주를 위해
>
> 처음도 끝도 이웃을 위해 그 생애 오직 충성과 사랑뿐
>
> 스스로가 사랑이요 모든 소유는 버리다
>
> 부부 일심으로 오직 복음 하나를 조선에 전하였다
>
> 심폐의 중한 병 몸은 얼고 배를 주리고
>
> 온몸 수족은 병고에 시달려 조선 땅에서 겪은 고초는 한량이 없다
>
> 그러나 오직 그들의 거동은 달고 편하기를 원치 않고
>
> 단지 기도와 감사뿐이라
>
> 여러 형제를 얻고 주 안에 함께하니 영광이로다
>
> 유언으로도 한국 형제를 잊지 못하고
>
> 스스로의 뼈를 한국에 두기 원하였노라
>
> 이에 우리 마음의 비를 여기에 심는 까닭이다
>
> 주 재림의 날까지 이르리로다

---

* 한문 기념비를 필자가 한글로 번역했다.

한국 고아들에게 하늘에서 보낸 아버지, 소다 가이치

소다 가이치(曽田嘉伊智, 1867~1962)는 한국 고아들의 아버지이다. 1921년에 가마쿠라(鎌倉)보육원 경성지부 보육원장으로 부임하여 줄곧 한국의 고아들을 보살폈다. 식민지 한국에서 한국의 고아들을 돌보는 그에게 주위의 눈길은 차갑기만 했다. 태평양전쟁 말기에는 고아들을 먹이기 위해 일본 군부대를 돌며 먹을 것을 구했다. 한국 고아들에 대한 그의 헌신에 감동한 익명의 한국인 독지가들이 도움을 주기도 했다. 그의 보살핌 속에 성장한 한국인 고아는 수천 명에 이른다. 그들 모두는 소다 가이치를 하늘에서 보낸 아버지라고 불렀다.

야마구치(山口)현 출신인 소다는 젊은 시절 자유분방한 생활을 했다. 젊은 날 고향을 떠나 외항선 선원 등을 지냈고, 청일전쟁 후에는 일본의 식민지가 된 타이완으로 이주하여 방탕한 생활을 했다. 특히 주벽이 심했다고 한다. 하루는 만취하여 거리에 쓰러진 채 목숨이 위태로운 처지에 빠졌는데, 누군가가 그를 도와 여관으로 옮기고, 치료하여 회복시킨 후 홀연히 떠났다고 한다. 그에게 그렇게 한 은인이 한국인이라는 사실을 안 그는 큰 감동을 받았다. 이를 계기로 한국으로 오게 된 그는 YMCA에서 일본어 교사로 활동하며 지난날을 반성했다. 특히 한국 YMCA의 지도자로서 많은 한국인들의 존경을 받던 이상재(1851~1927) 선생의 영향으로 기독교인이 되었다.

YMCA 일본어 교사 시절의 소다 가이치(앞 줄 오른쪽에서 세 번째 인물)

이른바 '한일병합' 이후에도 한국인들의 항일 독립운동을 지지했고, 특히 조선총독부의 민족운동가 탄압에는 직접 총독부를 방문해 항의하다가 고초를 겪기까지 했다. 후일 보육원을 운영할 때는 자신이 보살핀 고아 중에서 독립운동에 투신한 인물이 배출된 것을 자랑스러워할 정도였다.

해방 이후 소다 부부의 역할 분담

8.15 이후 소다는 일본으로 돌아가 일본 정부와 사회를 향해 한국 식민지 지배 역사에 대한 회개 운동을 벌였고, 그의 부인은 여전히 한국에 남아 고아들을 돌보았다. 1950년 1월 서울에서 부인이 별세했지만, 그는 부인의 장례식에도 참석하지 못했다. 당시 국교가 없는 한일 관계에서 민간인이 자유롭게 내한할 수 없었기 때문이다. 노령이었던 그의 소원은 한국으로 다시 돌아가는 것이었다. 마침내 그가 길러 낸 한국인 고아 자녀들과 한국 기독교계의 노력으로 1961년 소원을 이룬다. 민간인으로서는 해방 후 거의 최초였던 한국 정부의 공식 초청으로 한국 여행이 이루어졌다. 그리고 한국에 머물던 중인 1962년 3월 28일 서울에서 타계했다. 그는 현재 부인과 함께 서울의 양화진 외인 묘지에 묻혀 있다. 주로 구미 기독교 선교사들이 묻힌 이 묘지에 일본인으로서는 유일한 경우이다.

노리마츠 마사야스도 소다 가이치도 우리를 일깨우는 선구적 인물이 아닐 수 없다. 그들은 한일의 역사 속에 영원히 기록될 존재들임이 분명하다.

한·중·일 대립과 갈등의 역사를 초월하여

필자의 유학 시절 일이다. 하루는 대학의 식당에서 우연히 만난 영국 출신 유학생, 중국 출신 유학생과 함께 점심을 먹고 있었다. 이때 가깝게 지내던 일본인 친구가 우리 식탁으로 다가오며, "어, 여기 한국인, 중국인, 외국인(실제는 '외인外人'이라고 표현했지만)이 같이 밥 먹고 있네"라며 말을 붙였다. 필자는 순간 의아하여 그에게 물었다.

"한국인과 중국인은 외국인이 아닌가?"

당시 일본인 친구는 적잖이 당황하며 물론 한국인, 중국인도 외국인은 맞는데 자기도 모르게 그렇게 표현하고 말았다고 했다. 물론 그가 잘못한 것도 아니고, 그렇게 구분하는 것이 당시 일반적인 기준이었는지도 모른다. 그 이후에도 내가 느낀 바에 따르면 일본 사회의 통념적 의식은 같은 피부색의 아시아인, 특히 한국인이나 중국인, 대만인 등에 대해 외국인 의식이 현저하게 약했다. 외국인이라 하면 대개 구미의 서구인, 아니면 피부색이 검거나 생김새가 완전히 다른 아프리카나 먼 서남아시아 사람을 의미하는 통념이 있었다. 여기에는 다른 이유도 있겠지만 역사적으로 한때 일본의 지배하에 있던 지역, 즉 식민지나 점령지였던 아시아를 일본과 전적으로 정체성을 달리하는 외국으로는 보지 않는 사회적 인식의 결과라고 할 수 있다.

♦ ♦ ♦

일본의 아시아 인식, 탈아입구脫亞入歐와 화혼양재和魂洋才

일본의 전 총리 아소 다로(麻生太郎)의 발언이 화제가 되기도 했다. 이른바 세계 선진 중심 국가인 G7에 일본만이 유색인종 국가로서 가담하고 있다는 발언이다. 그 취지는 아시아 국가로서 유일하게 세계 선진국의 반열에 서서 정치·경제적으로 세계를 선도하고 있는 일본에 대한 자부심을 강조하는 말이라고 여겨진다. 그러나 그 속내에는 일본은 아시아이지만 결코 아시아가 아니며 아시아이기를 바라지 않는 정서가 담겨 있다고도 볼 수 있다. 이는 근대 일본의 역사적인 목표이기도 했다.

일본 근대사의 근대화 속도는 타의 추종을 불허했다. 빠르고 강력했다. 그 목표는 하루빨리 아시아 국가의 전근대성을 벗어나서 서구 제국과 어깨를 나란히 하는 것이었다. 당시 일본 지도자들의 아시아 인식은 아시아는 낙후되고 낡았으며 속히 버려야 할 과거의 잔영이었다. 그러나 여기에는 결코 놓칠 수 없는 일본의 강력한 내면적 욕구가 있었다. 즉, 근대화를 아무리 진행하고 서구의 문명을 다

받아들인다 해도, 그 기저의 '혼'과 '정신'만은 일본 고유의 것으로 하고자 하는 생각이었다.

이를 필자는 근대 일본과 기독교와의 관계로도 해석한다. 이름하여 '근대 일본의 기독교 콤플렉스'이다. 이와 관련한 필자의 논문 일부를 인용하면 다음과 같다.

신, 구교를 불문하고 일본의 기독교 수용 시기는 한국에 비해 상당히 앞섰다. 가톨릭 예수회에 의한 근대 선교는 중국보다도 일본이 먼저이다.

가톨릭의 경우 1549년 8월 15일 예수회의 프란시스 하비에르Saint Francis Xavier 선교사가 규슈(九州) 가고시마(鹿児島)에 도착한 것을 일본 선교의 기점으로 잡으니 한국에 비해 200년 이상을 앞섰다. 빠른 시간에 가톨릭 세력이 확장되는 발전은 보이기도 했으나 정치적 이유로 가톨릭 탄압 시대로 접어들어 많은 순교자가 나오고 일부는 이른바 '가쿠레 기리시탄隠れキリシタン'이라는 이름으로 지하로 숨어들었다.

그 후 일본에서 수백 년간 기독교는 금교禁教였다. 쇄국과 금교의 시대, 1639년 이래 서구 세력으로는 네덜란드 선박만 입항이 허가된 나가사키(長崎) 데지마(出島)에서 교역하는 것을 허용했을 뿐, 기독교와 서구 문물은 완전히 금지되어 왔다.

근대 이후 일본도 문호개방 압력의 파고를 막아낼 수는 없었다.

1853년 이른바 안세이(安政)조약으로 대외 개방과 함께 서서히 기독교 금지의 빗장도 풀렸다.

그러나 메이지유신(明治維新) 세력을 중심으로 한 일본의 근대화 추진자들 사이에서 기독교는 여전히 경계해야 할 대상으로 지목되었고, 기독교를 비롯한 종교정책이 일본 근대의 대외 책략, 국내적 국민 통합의 중요 관건이었다.

이 시대 이후 일본 근대 역사를 필자는 '기독교 콤플렉스'로 읽어야 한다고 늘 논의하고 있다. 우선 그들은 근대 일본의 목표를 '탈아입구'로 잡았다. 즉, 아시아를 벗어나 서구화의 길로 나선다는 의미이다. 이러한 근대화 정책에 의해 가늠하기도 어려운 속도로 일본은 서구 모형의 근대화를 재촉했다.

그런데 여기서 역시 가장 큰 문제가 되는 것은 서구 문명의 근간인 기독교를 어떻게 할 것인가 하는 일이었다. 이미 일본은 가톨릭 탄압 시대, 그 탄압의 정치, 외교적 연유는 서구 제국에 대한 경계였고, 기독교를 막는 일이 일본을 서구 침략으로부터 지키는 일이라는 생각을 줄곧 가져온 터였다.

마침내 반강제적 문호개방 이후 서구 국가들의 준 강제에 의해 기독교 선교 자유는 허용했지만, 여전히 기독교는 위험한 것이며 기독교가 일본에 만연될 경우 결국은 서구의 정신적, 실제적 지배하에 놓일 것이라는 염려를 지속했던 것이다.

이것을 필자는 일본 근대 역사 '기독교 콤플렉스'의 전제라고 보는 것이다. 그래서 그들 일본 근대화 리더십이 결정한 두 번째 목표는 '화혼양재和魂洋才'였다.

즉, 근대 일본은 그 혼과 정신은 일본 고유의 것으로 목표를 삼고, 서구 문물에서는 실제적 기술과 시스템만 배워오겠다는 정책이다. 이는 곧 대외적 선언이나 근대 법률, 정치적 양해로는 기독교를 허용한다 하더라도 사회적 인식이나 가치, 즉 보이지 않는 압력을 통해 여전히 기독교를 금지하겠다는 의도였다.

이를 기점으로 오랫동안 일본의 정치, 사회 세력의 주류와 기독교 간의 대립, 갈등, 포섭의 역사는 지속된 것이다. 이러한 전체적 환경이 일본 기독교, 특히 근대화 과정과 함께 도래한 프로테스탄트의 일본 수용에 커다란 장벽이 되었으며, 기독교를 수용한 이들은 지속적인 마이너리티가 될 수밖에 없는 환경이었다.

그러나 이러한 상황이 오히려 일본 기독교 수용자들의 기독교 변증 능력을 향상시켰다. 즉, 일본 선교사들이나 기독교 수용자들이 일본에서 기독교의 역사적, 사회적 역할을 설득력 있게 전개하려는 동기를 확장시켜 신학적 담론을 더욱 진지하게 이끌어 낼 수 있는 계기가 된 것이다.

—서정민, "일본 프로테스탄트 신학교육의 역사와 현재," 「한국신학논총」 (한국신학교육연구원, 2017. 12.)

아무튼 근대 일본은 서구 문명의 기저인 기독교에 대한 콤플렉스로, 거기에 대한 예민한 회피는 있었지만, 아시아를 속히 벗어나 서구 제국의 일원이 되고자 했던 것만은 틀림이 없다. 그러나 일본의 아시아 인식에서 더욱 주목해야 할 부분은, 한국에 대한 식민지 통치로부터 출발하여 파시즘이 절정을 이루던 대동아공영권 실행 시기까지의 아시아에 대한 인식이다. 일본을 맹주로 그리고 나머지 아시아는 그 휘하의 관계로 아시아와 태평양 지역을 재편하여 서구 세력과 대결하고자 하는 구도의 아시아관이었다. 여기에서 일본과 아시아의 대등한 횡적 연결이나 아시아의 진정한 일원으로서 일본은 엿보이지 않는다. 어디까지나 일본과 아시아는 종속적 관계에 다름 아니었다.

◆ ◆ ◆

한국의 아시아 인식, 대립과 분단 이미지의 확산

한국은 수천 년에 걸쳐 중국 및 북방 민족과 부침의 역사를 겪은 것이 사실이다. 크고 작은 전쟁이 끊임없었고, 대결과 화친을 거듭하며 민족과 국가의 생존을 보존해 왔다. 때로는 대륙으로 확장해 나간 적도 있었지만, 이민족의 침략으로 나라가 도탄에 빠진 적이 한두 번이 아니었다. 16세기의 끝에 일본과 치른 7년 전쟁(임진왜란)과 남부 해안의 지엽적 갈등 또한 만만치 않았다. 그리고 마침내 근대 일본의 식민 지배에 들었다. 아시아 국가 중에서 타이완과 더불어 거의 유일한 아시아 국가에 의한 피지배 경험을 지닌 것이다. 이로써 이미 한국의 아시아 경험은 역사적으로 네거티브 성향을 지니지 않을 수 없었다. 그리고 식민지에서 독립한 이후 현대사에서도 민족 분단과 초유의 전쟁을 겪었다.

한국전쟁은 남북한 간의 전쟁인 동시에 세계의 이데올로기 대결이 첨예하게 전개된 국제전이며 아시아의 전쟁이었다. 북한을 지원한, 1백만을 헤아리는 중국 의용군의 참전이 그 대표적인 예이다. 이 과정에서 남한을 지원한 미국과 서구 중심의 유엔군은 우군이었고, 북한군과 중국 군대는 철천지원수가 된 것이다. 휴전 이후에도 한반도의 긴장과 대치, 분단의 비극은 그대로 한국이 아시아를 적대적으로 인식하는 근본 원인이 되었다.

그리고 1960년대 중반부터 참전한 베트남 전쟁은 한국의 아시아 인식의 또 다른 요소로 작용했다. 참전 후 종전까지 10여 년간 연인원 35만 명의 병력이 파병되었고, 한국군 5천 명 이상이 전사했다. 그뿐만 아니라 한국군에 의한 베트남 인민의 피해, 희생도 다수 드러나고 있다. 이 과정에서 한국인의 아시아 인식은 더욱 깊이 부정적으로 전개되었다. 그 후 한국의 급속한 경제 성장은 아시아를 단지 노동력과 상품 판매의 시장으로 경제적, 문화적 세력 확장의 기지로만 인식하는 새로운 종적 체계가 구축되고 말았다.

중국의 아시아 인식, 지배인가, 대립인가

중국은 아시아에 속한 것이 분명하지만, 역사적으로 아시아 일원으로서의 정체성을 보인 적이 없다. 중화사상中華思想(Sinocentrism)이 늘 팽배하여 중국은 세계의 중심이라고 여겼다. 그리고 아시아는 지배와 배제, 조정의 대상일 뿐이었다. 아시아 여러 나라는 단지 중국에 복속하느냐 저항하느냐로 구분되는 상대였고, 그로 인해 주변 아시아 국가들과 갈등의 역사 또한 지속되었다. 그래서 근대 이전의 중국이 아시아를 대등한 관계로 파악한 역사는 찾아보기 어렵다. 물론 이러한 중국도 여러 차례 아시아 인근 국가와 민족으로부터 수난을 겪기도 했고, 특히 근대 이후에는 부분적이지만 일본의 지배를 받기도 했다. 결국 중국의 아시아 인식은 지배냐 갈등이냐의 역사가 중심이다. 역시 부정적인 아시아 정체성을 지적하지 않을 수 없다.

아시아의 인구는 약 40억으로 세계 총인구의 60%에 해당한다. 그리고 아시아에는 2018년 기준으로 세계 경제 규모 2위인 중국(GDP 12조 2,377억 달러), 3위 일본(4조 8,721억 달러), 6위 인도(2조 5,975억 달러), 12위 한국(1조 5,308억 달러)* 등이 포진하여 세계 경제 규모의 3분

---

* 2021년을 기준으로 한 통계에는 한국의 GDP 규모가 1조 9,077억 달러로 세계 10위로 랭크되었다.

의 1 이상을 점유한다. 그중에서 한·중·일의 경제 규모와 역량, 가능성을 합치면 아시아의 절반을 넘어 그 비중을 다 가늠할 수 없을 정도이다. 지표를 보기 위해 경제로 예를 들었지만 그 밖의 정치, 문화, 사회, 교육, 종교 등등 전반적인 영역으로 그 비중을 확대해 보았을 때 아시아에서 한·중·일의 중심성은 재론의 여지가 없을 정도이다. 그런데 앞서 살핀 바대로 한·중·일의 아시아 정체성은 박약하거나 부정적이다. 그것은 아시아와의 관계를 상하와 종속, 지배와 피지배로 상정해 온 결과라고 볼 수 있다.

◆ ◆ ◆

새로운 아시아를 향하여

아시아에는 뚜렷하게 중심과 변경이 있어 왔다. 주도와 예속이 있었고, 결과적으로 지배와 피지배, 원류와 아류가 존재해 왔다. 아시아를 하나로 묶어 경계를 넓히고 결속을 강화하는 움직임도 결국은 그 내부의 서열과 핍박, 등위를 매기는 일이었다. 그러나 그런 집중력, 응집력만으로 아시아의 다양성을 다 담을 수는 없었다. 그래서 그것은 늘 불완전한 방편이었고, 불균형한 상태였을 뿐이다. 대안은 중심과 선두의 아시아가 아닌, 경계선과 변방의 아시아를 끌어안는 미래로 나아갈 필요가 있다. 아시아 아이덴티티를 강요하여 하나로 묶는 아시아가 아니라 다양성 그 자체를 아시아로 보는 시야가 필요하다. 이제는 정치의 아시아도, 경제의 아시아도, 심지어 중심 문화와 중심 종교의 아시아도 보류해야 할 것이다. 그것은 오히려 아시아 내 갈등의 역사를 반복할 뿐이다. 결국 '인문학적 접근'으로 아시아의 역사와 현상을 재해석하는, 원점에서의 새로운 아시아 관점이 필요하다. 이와 같은 사명은 역시 한·중·일에게 중심적으로 부여되어 있다.

4부

● 일본에서의 나의 삶

〈문갑 위의 화병〉 (2022. 6.)

'소박한' 학자와 교수의 삶을 기뻐하며

문재인 정부의 초대 법무부 장관은 필자가 한국의 연세대학교 교수로 재직할 시의 선배 교수이다. 그의 경우 법학자로서의 전문적 식견 이외에도 많은 이들의 좋은 평가를 받아 온 학자요 교수였던 것으로 기억된다. 그 밖에 어림잡아 보면 제1기 내각 장관 총 18명 중 6명이 교수 출신이었다. 그리고 청와대 수석비서관 이상 고위 보좌진 11명 중 적어도 4명 이상이 교수 출신이다. 그러나 대체로 비교해 보면 현 정부의 교수 출신 비율이 적은 편으로 분류된다. 타 정권의 경우, 내각 총리, 청와대 비서실장, 각부 장관의 다수가 교수 출신이었던 적도 많다.

한국 실정을 비교적 소상히 아는 일본의 한 동료 교수가 언젠가 필자에게 질문하였다. 한국에는 여러 정권에서 내각 총리, 부총리, 장관 그리고 심지어 청와대의 대통령부 비서까지 대학 총장이나 교수들이 대거 참여한 경우가 많고, 그런 자리에 대한 인사 문제가 거론될 때 하마평에는 꼭 대학교수들이 오르내리는데, 어떤 연유냐는 것이다. 일본에서는 학계 인사가 정관계로 진출하는 일이 드물 뿐 아니라 혹 그럴 경우에는 대단한 명분과 설득력 있는 이유가 꼭 필요하다는 것을 의미하는 질문이다. 물론 현실적으로는 의원내각제인 일본과 대통령제인 한국의 정치 제도가 다른 것이 가장 큰 이유이자 차이일 것이다. 그리고 또 한 가지를 들자면 일본은 오랫동안 각 분야의 전문가 특히 경제나 행정 분야 전문가들이 관료 사회 내에서 양성되어 왔으나, 현대적 정치 체계의 역사가 짧은 한국은 아직 각 분야의 전문가 그룹이 학계에 집중되어 있다는 측면도 간과할 수 없을 것이다. 하나 더 언급하자면 오랫동안 지속된 한국의 군사 정권에서 지식인에 대한 콤플렉스, 즉 학자 그룹을 내각과 고위직에 다수 동원함으로써 군인 정치의 열등감을 극복하고자 한 측면도 있다.

◆ ◆ ◆

대학교수를 국가공무원에 비교하여 서열화하는 어리석음

또한 그 중요한 이유 중 하나로 조선 시대 정치사의 영향이 클 것이다. 조선 시대의 정치, 행정은 언제나 학자 군群에서 발탁된 인물들이 담당하는 것이 전통이었다. 그것도 주자 성리학을 신봉한 유학자들이라고 보아야 하는데, 그들은 현실적으로 정치와 행정에 참여하는 경우와 재야在野에 머무는 이들로 나뉘었다. 각 학파學派를 바탕으로 정파政派, 당파黨派가 조성되었던 역사에서도 볼 수 있다. 조선 시대에도 정·관계로 나가 현실 권력에 참여하는 것을 학자로서 거부하고 초야草野에서 학문에만 정진한 학자들이 있었듯이, 현대 한국에도 그런 일을 달갑게 여기지 않는 학자들이 다수 있다. 한편 법조인을 발탁하는 경우도 많은데, 이 역시 과거 시험의 전통을 지닌 고려·조선 시대의 영향이라고 할 수 있다. 국가 고시, 그중에서도 까다롭기로 널리 알려진 사법 시험을 통과한 이들을 옛 과거 시험에 합격한 이들로 생각하는 사고라고도 할 수 있음이다.

지난날 필자가 한국의 대학에 재직할 시절, 권력 지향의 한 선배 교수가 해 준 장광설이 떠오른다. 그 내용은 "한국의 대학교수는 기본적으로 장관급으로 보아야 한다. 물론 대학 총장은 총리급으로 볼 수 있다"는 것이다. 그러나 그것도 "대학의 등급에 따라 아주 다르다"는 논리였다. 필자는 그런 설명을 들으면서, 얼마나 쓴웃음을 지었는지 모른다. 총리, 장차관 모두 훌륭한 리더십을 발휘해야 할 자리이고, 국가 사회를 이끌어갈 중요한 책임을 지닌 위치라는 것은 충분히 존중하고 인정한다. 그러나 전문 분야의 학자로서의 자부심과 정체성을 지녀야 할 교수가 국가공무원의 계급 서열로 판단될 만큼 허망한 자리이고, 그 정도의 자긍심밖에 없다면, 어떻게 제자들 앞에서 떳떳이 학문을 말하고, 가치를 논할 수 있을까 하는 생각이었다. 그렇게 가당찮은 일설을 늘어놓은 선배는 차라리 정계로 나가거나 권력 지향의 분야에서 활동하는 것이 더 옳지, 역시 존경스러운 학자나 교수는 결코 아니지 않을까 생각했었다. 대개 이런 생각을 가진 교수들은 소위 대학 내의 정치와 대학의 '거버넌스

governance'에도 집착하여 여러 보직, 특히 학장이나 총장 자리에 혈안이 되는 경우가 많다.

여전히 한국의 교수 일부, 아니 대부분의 교수들은 그렇지 않다고 확신한다. 그러나 역시 그 일부의 교수는 자신의 사회적 긍지를 정·관계와의 호환성 혹은 기업이나 사회적 이익단체와의 관련성에서 헤아릴지도 모른다는 생각을 지울 수 없다.

◆ ◆ ◆

교수라는 직업은 블루칼라, 곧 노동자 계급이다

가끔 일본의 대학교수와 한국의 대학교수 중 어느 쪽이 더 사회적 존경을 받느냐고 질문을 받을 때가 있다. 물론 그렇게 직접적으로 비교할 수는 없는 일이다. 필자는 교수가 꼭 존경을 받아야 한다든가 늘 가르치는 위치에 있어서만은 안 되는, 어떻게 보면 '블루칼라'로서의 직업의식도 필요하다고 생각한다. 다만 분명한 것은 학자나 교수는 권력 혹은 사회적 영향력을 직접적인 척도로 하는 정계·관계·재계와의 호환성으로 평가될 직업이 아니라는 점이다. 철저한 전문가 집단으로서 가치 창조와 지조 있는 견해의 일관성으로 자긍해야 할 존재라는 생각에는 다름이 없다.

필자는 교수나 학자는 사고思考와 지식을 생산하고, 그것을 서비스하는 노동자라는 생각을 한다. 즉, '블루칼라'라는 말이다. 오늘도 그랬고, 내일도 필자는 땀을 뻘뻘 흘리면서 애써 생산한 자신의 사유와 지식을 교실에서 효과적으로 보급하는 것을 천직으로 여긴다. 어떻든 분필 가루 하얗게 날리며 나름 열을 뿜는 필자의 강의는 그 강의가 얼마나 좋은 강의인가와는 별도로, 역시 만만치 않은 노동임에는 틀림이 없다. 서너 시간 '연강連講'을 마치고 나면 필자의 청바지는 분필 가루로 하얗게 칠이 되어 있고, 목은 쉬고 몸 안에 남은 힘이 하나도 없을 만큼 기력이 빠진다. 물론 강의 자체만이 노동이 아니라 지식을 생산하기까지의 독서와 연구도 노동이라는 생각 역시 마찬가지이다. 언젠가 우리 대학의 가까운 동료 교수와 이 주제로 이야기하다가 완전히 의기투합意氣投合한 적이 있다. 그 역시 "교수는 블루칼라"라는 생각을 아주 확고하게 갖고 있었다.

다만 그런 생각마저도 '겉멋'이라면 안 된다. 대개의 지식인들이 자신이 하는 일을 지나칠 정도로 고상하게 꾸며 멋을 부리는 경우도 있지만, 때로는 지나치게 낮추어 마치 민중의 삶 한가운데를 일상으로 사는 듯 정반대의 멋을 부리는 경우도 가끔 본다. 그러나 사실 그들은 민중의 삶 근처에도 제대로 가보지 못하고, 민중의 삶이 지닌 박탈감과 애환을 실감하지도 못하면서 마치 그들 속에 함께 있는 것처럼 치장하고 자처하는, 또 다른 겉멋에 지나지 않는 경우가 대부분이었다. 필자 역시 혹여 그렇지는 않았는지 늘 반성해야 할 것이다.

'넥타이'에 대한 한 가지 기우杞憂

필자가 여기서 "교수와 학자는 진정 블루칼라"라고 하는 것은 그 직업 자체, 그들의 연구, 지식 생산, 교육 활동을 통한 보급 자체가 격렬한 노동인 까닭에 노동자 의식이 필요하다는 것이다. 전문 노동자 혹은 지식 노동자라는 수식이 가능할지는 모르지만, 아무튼 노동의 종류는 차치하고라도 진정 노동자 의식을 지녀야 할 것이다. 노동자 의식을 지니는 내적, 외적 전제로 우선 복장을 일하기 편하게 해야 한다. 되도록 특별한 경우가 아니라면 넥타이를 매거나 권위적인 복장은 별로 도움이 안 된다고 생각한다. 취미도 되도록 고상한 것보다는 많은 이들이 편히 할 수 있는 종류가 더 좋을 것 같다. 음식도 너무 까다롭지 않았으면 한다. 많은 이들이 즐겨 먹는 음식을 함께 맛있게 먹을 수 있으면 좋을 것이다. 혹 경제적 여유가 있더라도 되도록 검약하고, 사치스러운 물건은 멀리하는 것이 좋다.

물론 예외는 있다. 어느 사람에게나 있을 특별한 한두 가지의 애착은 존중해 주어도 좋을 것 같다. 사람에 따라 그것은 그의 사는 즐거움의 한 요소일 수 있으니 그 한두 가지 정도는 눈감아 주어도 된다. 아무튼 전체적으로는 적당히 평범하고 어느 정도 통속적이며 일정 부분 '빈티'가 나는, 원래 어차피 경제적으로야 그렇게 풍족할 수 없는 직업이 교수요 학자이니 있는 그대로 좀 꾀죄죄해도 상관없을 것 같다. 지나친 말이 될지 몰라도 땀 냄새가 좀 나는 생활인의 느낌이 풍기지 않으면 교수로서는 오히려 멋이 없을 것 같다. 특히 인문학 분야의 교수는 그렇게 털털하고 인간미 가득한 차림과 성정에서 인문학적 사고가 도출되고, 다수 사람들의 삶도 관통해 낼 수 있을 것이라 생각한다. 그렇지 않을 때는 일부 특별한 경우의 생각에 머물고 말거나 혹 겉으로는 민중과 다수 사람들의 폐부肺腑를 강조하고 있더라도 단지 이데올로기에 머물지도 모른다.

그래서 개인의 개성과 멋과 취향에 해당할지 몰라도 필자 생각

〈도쿄 집 화분〉 (2022. 3.)

에 교수는 특히 인문학 교수는 넥타이를 잘 매지 않는 편이 좋다고 여긴다. 청바지나 헐렁한 면바지를 입는 것이 더 편할지 모른다. 그리고 허름한 식당에서 유행가를 들으며 국밥 국물을 훌훌 마시는 것이 더 어울릴지도 모른다. 여름날에는 땀 냄새도 조심해야겠지만, 옷깃이나 소매에 분필 가루가 묻어 있는 것이 흉이 아닌 진솔함일 수도 있다고 생각한다.

단, 앞에서도 말했듯이 혹 넥타이를 멋지게 매는 것이 취미인 교수는 그것을 또한 최고로 존중해 주어야 한다. 만년필 같은 좋은 필기구 몇 개 갖고 싶어 하는 취향 역시 적극 인정해 주어야 한다. 보행이 불편한 필자의 경우는 자신의 발처럼 되어버린 자동차에 대해서 조금 까다로운데, 그런 것 정도는 용납해 주어야 한다고 생각한다. 노동자도 행복할 권리는 있다. 이 또한 하나의 모순적 사고일지 모르지만 말이다. 학계와 정·관계의 호환성에 대해 논하다가 이야기가 여기까지 왔다. 독자들의 혜량을 구한다.

장애인과 함께 살아가는 일

이미 아는 독자들도 있겠으나, 필자는 어려서부터 휠체어나 클러치를 주로 이용하는 중증의 하지 지체 장애를 지니고 있다. 그렇다 보니 사회생활을 하면서 간혹 생각한 적이 있다. 혹시 자연재해나 그 밖의 재난 상황이 발생했을 때, 거동이 불편한 필자 때문에 가족이나 주변 사람들이 더 큰 위험에 처할지도 모른다. 그때는 어떻게 해서든 위험을 극복할 확률이 높은 그들의 안전이 필자보다 더 중요하다고 생각하곤 했다. 그런데 도쿄 생활을 시작한 이후 우리 동네 구청에서 특별한 명패, 곧 명찰 하나를 받았다. '헬프카드'라는 것이다. 설명은 이렇다.

그것이 자연재해이든 무엇이든 위급한 상황이 오면 이 카드를 가슴에 달고, 누구에게든 도움을 청하라는 것이다. 소방대원, 경찰, 그 밖의 공무원, 자원봉사자 그리고 거리의 그 누구에게라도 그렇게 하라고 했다. 물론 규모가 큰 재난일 때는 필자를 담당할 공무원이 신속히 파견되어 도울 것이지만, 그 이전에라도 무조건 공개적으로 도움을 청하라고 일러주었다.

あなたの支援が必要です。

ヘルプカード

品川区
電話

일본에서 필자가 소지하고 있는 헬프카드

"나는 혼자서 아무것도 할 수가 없다. 도와달라."

이렇게 누구에게든 말하라는 것이다. 그렇게 하면 가능한 범위 안에서 최대한, 최우선적으로 도움을 받을 수 있을 것이라고 재차 당부했다.

언젠가 일본인 친구 교수와 이야기하던 중 일본의 지진 상황 이야기가 나왔다. 친구 교수는 농담 반 진담 반으로 필자에게 이렇게 말했다.

"사실 유사시에 나보다 당신이 살아날 확률이 훨씬 높다. 이 사회는 적어도 최고 약자가 최우선이라는 공감대가 있다. 만약 당신 주변에서 당신을 구하지 못한다면 다른 사람 열 명이 희생된 것보다 더 참혹한 상실감을 각오해야 하기 때문이며, 그것으로 인한 공동체의 상처는 말로 다 할 수 없기 때문이다."

가슴이 찌릿하고 뭉클하기도 했지만, 나는 애써 도리질을 치며 "야, 야, 그건 모른다, 상황이 닥쳐봐야 안다"라고 친구 말에 재갈을 물렸다. 그러나 마음 한편이 따뜻해졌다. 사실 필자는 그것이 어떤 재난 상황이든, 한국에서든 일본에서든 어디에서든 필자로 인해 다른 이가 더 곤란하고 어려운 경우는 없었으면 했다. 스스로 자신을 구할 능력이 부족한 만큼 어떤 상황에서든 먼저 죽을 각오는 단단히 하고 사는 터였다.

◆ ◆ ◆

국가의 품격, 이른바 '국격'

'세월호 사건'에서 슬쩍 지나가 버린 뉴스가 있다. 승객들을 동요하지 못하도록 해 놓고, 자신들만 먼저 긴밀히 연락하며 배를 버리고 빠져나간 승무원들이 자기들끼리는 멀리 있던 이들까지 급히 연락하고 챙겨가며, 자신들의 비밀통로까지 이용하여 일사불란하게 도망을 쳤다. 그런데 그 민완하고 철저한(?) 동료애를 발휘하는 중에도 몸이 아픈 동료는 버리고 도망쳤다는 것이다. 문득 이런 생각이 스쳤다. 장애를 안고 사는 필자가 그때 거기에 타고 있었다면, 승객이 아니라 승무원이었다고 해도…. 처연한 기분이 아닐 수 없었다. 그러나 이런 생각이 필자에게서 바로 떠날 수 있었던 것은, 그 해맑은 학생들이 그렇게 억울하게 죽어갔던 그 상황에서는 장애고

뭐고 그들과 함께 바다로 그리고 하늘로 가는 것이 더 나은 일이라 생각했기 때문이다.

국가의 수준, 곧 '국격'은 무엇으로 판단할 수 있을까. GNP와 GDP 수준? G7이나 OECD 국가? 도대체 선진국이라는 말이 경제 규모나 무역 규모로만 잴 수 있는 것일까? 물론 경제적으로 잘 사는 나라의 구체적 인권 상황이 상대적으로 좀 더 나은 것은 사실일 것이다. 그러나 진정한 '국격'은 그 사회에서 가장 약한 이들, 즉, '마이너리티'가 어떤 대우를 받고 어떤 상황에 놓여 있느냐로 최종 판단하는 것이 옳다.

민주주의에 대한 목마름, 인권에 대한 강조, 생명과 환경에 대한 올부짖음, 평화와 반전, 독재 정권에 대한 항거, 정의를 향한 행진, 이 모든 것은 한 사회에서 자신의 안전과 행복을 스스로 지키고 향유할 수 있는 강하고 부유한 이들만을 위한 것이 아니다. 오히려 이 모든 것은 한 사회의 최고 약자들의 형편을 인간다운 삶의 상황으로 끌어올리기 위한 몸부림이라고 생각한다. 역사도 그러한 기준에서 기록되고 해석되지 않으면 안 될 것이다. 그 가장 약한 자의 가장 구체적인 예가 바로 장애인이다.

한 나라의 '국격'은 결코 정치가들의 작위적 몸짓이나 위선적 행태, 국제 관계의 의전 레벨이라든지 잘 나가는 기업의 '로고' 따위로 평가되는 것이 아니다. 그 나라가, 그 사회가 가장 약한 계층인 장애인을 어떻게 배려하는지의 기준으로 보면 정확하게 측정된다. 우리 한국의 상황은 아직은 안타깝기 그지없는 현실이다. 언젠가 일본인 친구 한 명이 이런 질문을 했다. "한국은 경제도 급성장하여 선진국 반열에 올라섰고 특히 아시아에서 그리스도교 최강국이니 장애인 대우 환경이 세계적 수준이지 않겠느냐"는 질문이었다. 이 질문에 대해 결코 그렇지 않다고 대답하던 필자의 목소리가 유난히 기어들어 간 적이 있다.

◆ ◆ ◆
학생들의 질문과 필자의 대답

동료 교수의 강의를 듣던 학생들이 '장애인 삶에 대한 나라별 차이'를 주제로 조사보고서와 프레젠테이션을 준비하기 위해 필자를 인터뷰하러 온 적이 있었다. 학생 넷이 내 연구실로 찾아와 긴 시간 진지하게 이야기를 나누었다.

장애인 주제의 과제를 수행하는 학생들은 실제로 장애인 교수를 만나서 인터뷰하자니 무척 긴장한 모양이었다. 무엇을 물을지, 어떻게 공손하게 자신들의 의견을 전할지 어려워했다. 이를 알아차린 필자가 나서서 젊은 학생들의 긴장을 편안하게 풀어 주었다. 이미 무엇을 묻고 싶어 하는지 짐작이 됐기 때문에 그들이 질문하고 싶어 하는 것을 자문자답하듯 설명해 나갔다. 그러자 이내 학생들의 볼이 발갛게 상기되며 오히려 필자와 이야기하는 것을 즐거워하는 것 같았다. 평소 필자가 지니고 있던 장애인에 대한 핵심적인 생각이나 경험들, 한국과 일본 그리고 미국 등에서 경험한 실제 사례들, 현장에서 직접 느꼈던 느낌들을 소상히 말해 주자 학생들은 용기가 좀 생긴 것 같았다. 인터뷰 후반의 질문이 걸작이었다. 참으로 인상적이었다.

"교수님, 이런 상태로 우리가 그냥 생각 없이 어떤 시스템 안에서 의무감 같은 것으로만 살아간다면, 일본이든 한국이든 그 어느 나라든 근본적으로 장애인과 함께 행복하게 살아가는 이상 사회를 만들기는 어려울 것 같아요. 교수님 생각은 어떠세요?"

"우리는 자꾸 장애인들에게 무엇을 해 줄 수 있을까, 그들은 무엇을 원할까 혹은 무얼 더 해 주려고 하면 오히려 그들이 미안해하거나 부담스러워하지는 않을까 생각하는데, 교수님 생각은요?"

나름 생각들을 많이 한 것 같았다.

나는 동문서답처럼 대답했다. 우선 교육과 경험이 중요하다고 말했다. 어려서부터 장애인 친구들과 같이 놀고 공부하고 살아간 경험을 지닌 이들이 제일 수준 높은 장애인 전문가가 되고, 그들은 장애인과 어떻게 함께 행복하게 살아갈 수 있는지 그 방법을 체득한다고 대답했다. 그리고 평소 생각처럼 이렇게 예를 들어 주었다. 장애인에 관련된 전공을 하고 그 분야에서 일하는 이들보다 오랫동안 나와 친구가 되어 함께 여행하고 인생을 살아간 가족과 친구들이 훨씬 더 그 분야의 전문가들이었다고 말해 주었다. 혹시 그런 특별한 기회가 없더라도 거리에서, 역에서, 공원에서 장애인을 만나 단 한 번

이라도 도움을 주거나 이야기를 나누어 본 사람이 지니게 되는 생각
은 그 어떤 이론보다 더 중요하지 않을까라고….

◆ ◆ ◆

필자의 질문

그리고 반대로 필자가 그들에게 질문을 했다. 장애인과 함께 파
트너가 되어서 사는 사람, 특별한 친구가 되어 같이 일을 하는 사람,
자의든 타의든 장애인과 관계를 맺고 사는 장애가 없는 사람이 더
힘들고 부담스러운 삶을 살 것 같으냐고 물었다.

그네들은 조금 망설이더니, 자신들은 사실 경험이 없어 잘 모르
겠으나 생각해 보면 분명 그렇지 않을까라고 여긴다고 했다. 나는
학생들의 일반적인 생각과 예상은 일단 다 존중해 주었다. 그러나
—필자 스스로 이렇게 단언하기는 좀 어려운 부분도 있지만— 전혀
그렇지 않다고 답해 주었다. 장애인과 함께 어떻든 우정과 사랑을
나누고 사는 사람이 그렇지 않은 사람들보다 인생이 훨씬 더 보람
있고 행복하다는 것은 이미 거의 증명된 사실이라고 말해 주었다.

한 걸음 더 나아가 뻔뻔스럽게 말해 주기를, 필자와 관련을 맺고
사는 사람들이 모르긴 몰라도 적어도 필자의 장애 때문에 더 힘들거
나 부담스럽거나 후회스러웠다기보다는 보람 있고 의미 깊으며 행
복했을 순간이 많았을 것으로 생각한다고 답해 주었다. 나는 가족이

나 친구들에게 내 장애로 인한 미안함은 절대 갖고 있지 않으며, 그런 생각을 갖는 것이 오히려 그들에게 더 미안한 일일 것이라고 말했다. 학생들이 놀라워하면서도 그 근본적인 생각에 나름 깊은 공감을 표하고 있음을 느낄 수 있었다. 그래서 나는 지난날의 내 구체적인 이야기를 들려주었다(혹 이 칼럼을 읽는 필자의 고교 시절, 아니면 대학 시절 친구들이 있다면 아마 입가에 웃음이 번질 것이다).

내 학창 시절만 해도 한국의 학교 건물에 엘리베이터는 거의 없었다. 5층, 6층 건물도 그대로 계단밖에 없던 시절이다. 그때 친구들이 생각해 낸 방식은 두 사람이 각각 내 양 겨드랑이를 끼고 계단을 뛰어오르는 이른바 '인간 엘리베이터' 방식이었다. 이 방식은 필자의 일생에 걸쳐, 고교 시절부터 시작해서 대학과 직장은 물론이고 여러 학회에까지 이어졌다. 모든 시스템이 잘 되어 있는 이곳 일본에서도 가끔은 주변에 그 방법을 전수해 도움을 받고 있다. 무더운 여름날 그 높은 계단 끝까지 내 어깨를 끼고 뛰어 올라간 친구들은 온몸에 땀이 흠뻑 배어 숨을 몰아쉬곤 했다. 나라고 미안하고도 고맙지 않았겠는가. 그러나 나는 친구들에게 이렇게 말했다.

"너희들, 어서 내게 고맙다고 해라. 나를 들고 올라오고 나니 무척 기분 좋지? 그리고 오늘 벌써 착한 일 하나는 했으니, 약분하면 조금 나쁜 짓 한 가지쯤 해도 아마 하느님이 봐주실 거야. 어서 고맙다고 하라니까."

그러면 내 착한 친구들은,

"그래그래, 정말 고맙다. 착한 일 하게 해 주어서."

나중에 들으니, 처음엔 뭐 이런 친구가 다 있나 했다가도 그런 필자의 뻔뻔함 때문에 언제부턴가 필자에게 장애가 있다는 것도 다 잊어버린 채 그것이 하나의 일상이며 기쁨이었다고 말해주는 친구들도 많았다. 요즘도 가끔 고교 시절이나 대학 때 친구들을 만나면 자꾸 필자의 어깨를 끼고 계단을 올려주고 싶어 한다. 어떤 친구는 아직도 필자를 이렇게 올려줄 정도로 자신의 허리가 젊다고 자랑하기도 한다. 그 시절 필자를 올리고 내려주느라 허리 운동이 되어 그런 것 같다며 여전히 필자에게 '고맙다'고 말해 준다. 학생들은 필자의 이야기에 보충할 질문도 다 사라졌다고 하면서 사진 한 장 찍고 눈물 그렁그렁하며 연구실을 떠났다. 학생들 인터뷰 덕택에 외려 필자가 더 아스라한 옛날 친구들과의 따뜻한 기억과 그리움에 가슴 먹먹했다.

'인간 엘리베이터' 방식을 철저히 계승하여 필자를 도와 준 이들이 바로 제자들이다. 세월이 흐른 후 제자들이 해준 말 중에도 잊히지 않는 말이 있다.

"선생님 몸이 불편하시지 않다면, 저희가 어떻게 감히 선생님을 들쳐 업고 뛰며 선생님 땀 냄새를 맡고 같이 살 수 있겠어요? 감사합니다."

장애는 힘든 역경이다. 그러나 그것을 어떻게 받아들이고 사느냐에 따라 또 다른 행복도 가능하다. 필자는 그렇게 믿고 산다.

인문학을 위하여 1
인문학적 사고 연습의 필요성

경제는 지속적으로 성장하고, 과학 기술은 날로 진보하고 있으며, 정치·사회 시스템은 더욱 체계화되고 있다. 문화적 성과도 축적되고 인류 문명의 유산도 증가하고 있다. 그리고 세계 도처에서 종교적 신념은 여전히 강력하며 더욱 확산되고 있다. 의학의 발전으로 인간의 수명은 획기적으로 늘어났고 윤택해졌다. 그러나 현대를 사는 인류가 행복하며, 앞으로도 더욱 행복해질 것이라고는 단언할 수 없다.

다수의 개인은 불행을 토로하며 심각한 좌절을 경험한다. 현대 문명이 발전된 지역일수록 자살률은 높다. 도처에 전쟁의 위협이 상존하며 실제로도 진행 중이다. 인류의 파멸을 염려할 만큼 미래는 불안하고 평화는 멀다. 이에 대한 여러 처방이나 해결 방안도 있다. 경제적 정의와 평등의 실현, 민주주의의 확대, 문화적 혜택의 공유가 필요하다. 종교적 가치의 실현, 그 윤리의 실천을 통한 지고한 인간 가치의 선양도 더욱 필요하다. 여기에 더하여 필자는 우리들 삶의 과정에서 사고를 전환하고 함양해야 할 요소를 생각한다. 그 구체적인 항목이 인문학적 사고의 심화이다.

♦ ♦ ♦

인문학적 사고를 설명하는 한 방식

먹을 만큼 살게 되면 지난날의 가난을 잊어버리는 것이 인지상정인가 보다. 가난은 결코 환영할 것이 못 되니 빨리 잊을수록 좋은 것일지도 모른다. 그러나 가난하고 어려웠던 생활에도 아침 이슬같이 반짝이는 아름다운 회상이 있다. 여기에 적는 세 쌍의 가난한 부부 이야기는 이미 지나간 날 이야기지만, 내게 언제나 새로운 감동을 안겨다 주는 실화들이다.

그들은 가난한 신혼부부였다. 보통의 경우라면 남편이 직장으로 나가고 아내는 집에서 살림을 하겠지만, 그들은 반대였다. 남편은 실직으로 집 안에 있고, 아내는 집에서 가까운 어느 회사에 다니고 있었다.

어느 날 아침, 쌀이 떨어져서 아내는 아침을 굶고 출근을 했다.

"어떻게든지 변통을 해서 점심을 지어 놓을 테니, 그때까지만 참으오."

출근하는 아내에게 남편은 이렇게 말했다. 마침내 점심시간이 되어서 아내가 집에 돌아와 보니 남편은 보이지 않고, 방 안에는 신문지로 덮인 밥상이 놓여 있었다. 아내는 조용히 신문지를 걷었다. 따뜻한 밥 한 그릇과 간장 한 종지… 쌀은 어떻게 구했지만, 찬까지는 마련할 수 없었던 모양이다.

아내는 수저를 들려고 하다가 문득 상 위에 놓인 쪽지를 보았다.

"왕후의 밥, 걸인의 찬… 이걸로 우선 시장기만 속여 두오."

낯익은 남편의 글씨였다. 순간, 아내는 눈물이 핑 돌았다. 왕후가 된 것보다도 행복했다. 만금을 주고도 살 수 없는 행복감에 가슴이 부풀었다

— 김소운, 「가난한 날의 행복」에서

일본어 수필로도 유명한 김소운의 작품 중 일부이다. 가난한 젊은 부부의 감동적 사랑을 표현한 내용이다. 이 쪽지를 본 아내는 아마 가슴으로부터 눈물이 펑펑 솟았을 것이다. 절절한 남편의 사랑에 감동하고, 진짜 왕후보다 더 큰 행복을 느끼지 않았을까. 우선 남편이 자신의 심정을 표현하는 방식에서 인문학적 사고를 찾아보자.

아내에 대한 애틋한 사랑, 자신의 능력 없음에 대한 분노, 아픔, 회한 등등을 표현하는 여러 가지 방법이 있을 것이다. 그런데 바로 거기에서 '왕후의 밥, 걸인의 찬'이라는 '메타포metaphor'를 사용한 것이 대표적인 인문학적 사고이며, 그 방식의 구현이다. 그리고 그것을 통해 왕후보다 더한 행복을 경험한 아내의 감동이 바로 인문학

의 효과이며, 그것이 가져다주는 멋진 세계이다.[*]

◆ ◆ ◆

인문학적 삶의 모형

어폐가 있는 말인지 모르지만, 인문학은 '게으른 자'의 것이다. 목표를 세우고, 성과를 내기 위에 밤새 쫓기며 새벽에 일어나 머리를 싸매고 씨름하는 것은 인문학적 태도가 아니다. 인문학은 우선 초조하지 않아야 한다. 지금 내가 읽고 있는 책이 나의 생각과 가치에 결정적으로 어떤 영향과 도움이 될지도 몰라야 한다. 지금 내가 생각하고 있는 것이 어떤 생산적인 결과를 낼지도 계산되어 있지 않아야 한다.

책을 읽거나 생각을 하거나 혹 원고를 쓸 때도 마감과 결과에 집착하면 벌써 인문학적 태도와는 거리가 멀어진다. 인문학도 직업적 학문이 되면, 그런 특성에서 크게 벗어나는 경우가 많다. 체계도 잡아야 하고, 결실도 내어야 하며, 평가도 하고 또한 받아야 한다. 인문학자들 역시 초조한 연구 성과와 원고 마감에 처연한 기분이 들기도 한다. 그래서 지표화된 인문학에는 가끔 회의가 든다. 원래 인

---

[*] 필자의 다른 칼럼 「도쿄는 아시아의 파리와 같았다」에서도 인용, 언급하였다.

문학적 삶, 곧 참된 지성적 삶이란 지극히 느리고 게을러야 한다. 생각도 천천히 그리고 이 생각 저 생각, 한 생각이 다른 생각을 낳으면 그대로 내버려 두어서 여기에서 저기, 저기에서 다시 거기로 이어지더라도 그대로 가만히 생각에 맡겨야 한다. 책을 읽을 때도 사생결단하는 눈빛으로 독파를 하는 것이 아니라 슬슬 책장을 넘겨야 한다. 한 장을 넘기고 다음 장을 넘기는 것이 귀찮아질 때는 그대로 그 페이지를 몇 번이고 읽어도 좋을 것이다. 되도록 밤늦게까지 생각하고 책을 읽으며 때로 하얀 새벽까지 지적 놀이와 게으름을 부려도 좋다. 그리고 천천히 잠자리에 들어, 남들이 다 전투적인 삶을 시작할 때 오히려 침대에 머물러도 좋다.

　지금까지의 필자를 돌아보면 그렇지 못한 삶을 살았지만, 원래의 '인문학, 지성적 삶'이란 그런 것이라 여긴다. 그래서 인문학은 생산적이지도 않고, 눈에 확 띄는 재화로 바뀌지도 않는다. 어찌 보면 아주 쓸모없는 것이라는 오해도 많이 받아야 한다. 그러나 그것이 인문학이다. 바로 그런 삶, 그런 사고가 인문학적 사고로 사는 것이다. 그런데 인문학에는 사람과 세상에 대한 가치를 따지는 근원적인 고민이 있다. 사람들이 삶의 의의를 찾을 수 있는 여유와 규준規準을 생각하게 한다. 인문학은 그런 근원적인 가치에 대한 작업이어서 겉으로는 참으로 게으르고 쓸모없기 이를 데 없는 것으로 보일 수 있다는 것을 각오해야 한다.

고혈압형 인간과 저혈압형 인간

필자는 어느 정도 '고혈압형 인간'이지만, 사실은 인문학을 하기에는 '저혈압형 인간'이 더 맞다. 지나친 말일지 모르지만, 백수의 삶이 인문학에는 더 맞다. 그래서 때로 인문학은 세끼 밥을 먹는 데 크게 무리가 없을 때 빛을 발한다. 하루하루를 벌어 먹고살기에 바쁜 삶은 인문학을 하기에는 무리가 따른다. 그래서 사실은 인문학으로 돈을 번다는 것은 그렇게 쉬운 일도 아니거니와 걸맞은 일도 결코 아니다. 다만 인문학을 하다가 '프로 인문학자'가 되고 그것을 가르치고 연구하며 직업이 된 경우는 있을 수 있다. 그리고 인문학의 가치와 그 진전이 가져오는, 세상의 더 나은 가치를 인정하여 독지가들이 인문학을 육성한다면 크게 반대할 이유가 없다. 이때는 인문학도 실질적인 생산 가치도 되고, 이것으로 '밥벌이'를 할 수 있는 길이 되기도 할 것이다. 그렇지만 필자는 되도록 인문학과 직업, '밥벌이'의 관계를 좀 더 떼어놓고 싶은 이상주의자이다. 벌써 인문학이 직업이 되면 자유를 상당 부분 포기해야 되고, 그 원칙 중의 하나라고 여기는 게으름과도 거리가 생기기 때문이다. 인문학은 게으름의 학문이며, 그런 삶과 사고로부터 시작된다는 필자의 생각은 오래된 것이다. 그것을 잘 알면서도 사실은 그렇게 살아오지 못한 반反인문학적, 반反지성적인 필자의 삶을 새삼 반성하는 요즈음이다.

여행을 통한 인문학적 사고 연습

일본의 텔레비전 프로그램에는 유난히 여행 프로그램이 많다. 연예인을 비롯해 유명 인사들이 곳곳을 여행하는 과정을 방송하면서 시청자들의 간접 경험을 풍부하게 해 준다. 필자가 최근에 본 프로그램도 유명 연예인 그룹이 어촌마을과 어시장 등을 다니며 평범한 그곳 사람들과 함께 특산물을 맛보고 어울리는, 필자가 가장 좋아하는 형식의 여행을 하고 있었다. 당장이라도 그런 여행을 떠나고 싶은 마음이 굴뚝같았다. 흔한 말로 10년만 젊어도 바로 배낭을 꾸릴 것 같았다. 물론 지금도 할 수 없는 일은 아니지만 말이다.

인문학도는 사고의 여행, 몸의 여행으로 단련되지 않으면 안 된다. 인문학은 사실 주유周遊와 방황으로부터 출발하는 사유의 자유분방함 없이는 제한될 수밖에 없는 학문이고 사고이기 때문이다. 경우에 따라 다르겠지만, 자연과학이나 응용과학은 대개 보편적 조건을 갖춘 특정한 실험실이나 연구실에서 성과를 낼 수 있을 것이다. 거듭되는 실험, 상황의 조절, 특정한 여건의 배제 등을 통해 틀림없는 경우의 정답을 가려내어야 학술적 성취를 가져올 수 있을 것이다.

그러나 필자가 생각하는 인문학은 그런 상황 조절이나 조건 이입 혹은 유일한 결과, 보편적 진리를 도출하는 것이 아니다. 같은 것도 경우에 따라, 시공간에 따라 다 다르게 나타나고, 특히 사람에 따라 모두 다르게 수긍되고, 이해되는 것이다. 항상 다른 결과의 추출이 중심이 되는 것이다. 그래서 쉽게 말하자면 인문학도는 자신의 사유를 부추기는 정신적 자극에 가장 유효한 책 몇 권을 옆에 끼고 전혀 다른 시공을 향해 훌쩍 나서야 하는 것이다. 낯선 곳이면 더 좋고 혹 낯익은 곳이어도 좀 더 색다른 마음가짐만 있으면 충분하다. 그러자면 우선 산천에 심취해야 할 것이다. 같은 하늘, 해, 달, 별이어도 낯선 풍광으로 처음 보듯이 올려 보고 산과 바다, 강, 내를 굽어보며 거기에 속한 수많은 형상, 소리, 냄새, 바람결, 흙과 물의 맛을 느껴야 한다.

그렇다 해도 단지 거기에만 머물면 안 된다. 인문학도는 사람을 찾아야 한다. 그래서 저잣거리가 중요하다. 낯선 마을, 낯익은 마을, 거리거리, 사람들이 모여 사는 시장통…. 우아하고 멋진 곳도 좋겠지만 되도록 수수하고 넉넉한 낮은 거리로 나설 것을 권장한다. 이른바 사람 냄새가 아주 진하게 나는 곳 말이다. 그 사람 냄새 중에서도 처처 곳곳이 서로 다 다른 독특한 음식 냄새, 비린내, 특별한 향신료나 소스 냄새, 고기 굽는 냄새, 산채 향기나, 저녁 굴뚝의 연기 냄새, 낙엽을 태우거나 볏단을 태우는 냄새를 맡아야 한다. 웃음소리, 가벼운 시비로 시끌벅적한 방언, 노랫가락, 넋두리, 아이들 노는 소리도 모두 좋다. 그런 소리에 귀와 마음을 열어야 할 것이다. 그런 사람들이 모여 사는 동네를 돌며 사람을 만나고 보고 먹고 마시며 서로 어울리듯 혹은 한 걸음 물러서 있는 이방인으로 어릿어릿 돌아

다니는 것이 중요하다. 그러면서 이건 아니야, 내가 원하는 것이 아니야, 저건 내가 좋아하는 것이 아니야 하며 까탈을 부리기보다, 그래 그래 이런 것도 있었네, 이런 맛도 있었네, 이런 세상도 있었네, 하며 고개를 아래위로 끄덕이는 것이 참으로 중요하다.

◆ ◆ ◆

박물관과 오래된 거리의 식당으로

늘 말하지만, 인문학은 답이 여러 가지이다. 단 한 가지만 절대 유일의 정답인 법이 없다. 그 많은 답을 되도록 많이 알고, 물론 그중에 자신이 가장 좋아하는 답을 주장하려면, 여행이라는 '커닝 cunning'을 많이 해야 한다. 필자에게 여행은 다른 사람들의 삶을 슬쩍슬쩍 훔쳐보는 기회이다. 그들의 가치관과 가장 중요한 삶의 형상을 '커닝'하는 기회이다. 어차피 답이 여러 가지여서 어느 것도 정답은 아니지만, 수많은 답을 미리 보고 확인하다 보면 나에게 꼭 맞는 신념이나 확신 같은 모범 답안도 찾을 수 있지 않겠는가.

인문학도나 인문학적 삶을 살고자 하는 경우라면 여건이 허락하는 만큼 길고 짧은 여행을 수시로 떠나야 한다. 낯설거나 낯익은 지역에 도착하여 박물관을 찾고 오래된 맛을 찾으며 거기에 살아 온 누구라도 손잡고 이야기를 붙여 보는 버릇이 중요하다. 만날 사람은 되도록 거기에 오래 살아 온 이름 없는 민중, 평범한 이들이 더 좋을 것이다. 만약 그러한 여행이 허락되지 못하는 현실적 제약이 있을 때 인문학도는 끊임없이 사유의 여행이라도 해야 한다. 물론 그 방법 중 하나는 끊임없는 독서이리라.

인문학을 위하여 2
효율에 몰두하다가 잃어버리고 마는 것들

　우리는 매사에 얼마나 효과적인가에 관심을 둔다. 얼마나 빠르고 간단한가에, 바로 성과를 내는가에 평가의 기준을 둔다. 꼭 그래야 할 분야도 있으나 그렇지 않은 경우도 있다. 편리하게 처리하는 것에 집중하다가 여러 가지를 놓칠 수 있는 부문도 얼마든지 있다.

　언제부터인가 대학은 외국어, 그중에서도 특히 영어 능력에 사활을 걸고 있다. 이는 일본이나 한국이나 크게 다르지 않다. 물론 국제적인 소통, 제휴, 관계 네트워크를 생각할 때 영어는 대단히 중요한 언어이다. 영어가 영미권 사회의 언어를 넘어 세계 언어의 위치를 차지하고 있는 것 또한 사실이다. 영어는 특별한 소통과 협력의 영역뿐 아니라 그 자체가 현대 사회를 살아가는 능력을 평가하는 기준이 되었다. 이외에도 우리는 언제부터인가 정당한 절차, 가치, 목적이나 의의는 잊고 수단의 편의성에만 골몰하는 경향을 보인다. 그리고 그 과정에서 정작 중요한 것은 다 잃어버리고 말 때도 많다.

인문학적 사고에서 언어 문제

말이 중요한 것은 새삼 이를 필요가 없다. 말로 생각하고, 말로 표현하는 것은 어느 분야를 막론하고 똑같다. 그런데 인문학을 생각하면 사실 처음부터 끝까지 말의 문제가 아닌가 싶다. 말로 다 할 수 있는 일이 바로 이 분야가 아닐까 생각한다.

"말 한마디로 천 냥 빚을 갚는다"는 말이 있는데, 인문학에서는 천 냥 정도가 아니라 억만금이다. 그래서 오히려 인문학에서는 말이 제일 어렵다. 같은 말을 어떻게 달리, 어떻게 같이 이해하느냐가 관건이 된다. 말의 '뉘앙스'는 단지 소통의 차원을 넘어서 가치를 달리하고 사상을 달리하는 차이가 되기도 한다. 인문학은 말로 다 할 수 있지만, 그 말을 어느 분야보다 잘 구사해야 한다. 인문학적 사고에서 말은 그만큼 강력하고 절대적 위력을 지니고 있다.

인문학은 첫째, 모국어(모어, 제1원어)로 하는 것이 제일 좋다. 모국어로 생각하고, 모국어로 표현하며, 모국어로 저장되는 가치가 참으로 중요하다. 인문학을 외국어로 생각하고 말하고, 저장하는 일은 혼신의 노력이 필요하다.

둘째, 인문학적 소통을 위해서 꼭 번역이나 통역이 필요할 때는 그 번역과 통역을 전문적으로 공부하고 습득하는 노력이 다시 필요하다. 언어 자체에 대한 깊은 인문학적 이해와 학습 없이 사전적 '트

랜스레이션translation'에만 의존하는 것은 오히려 사고를 엉망으로 만들 수 있다.

셋째, 인문학에서는 핵심이 되는 언어에 대한 독창적 의의 범주가 먼저 설명되어야 한다. 즉, 나는 이 말을 이런 의미로 사용한다는 범위 설정이 있어야 한다. 그것을 전제로 언어 표현이 전개되어야만 좀 더 이해의 범위를 넓힐 수 있기 때문이다.

넷째, 그러나 자신은 이 말을 이렇게 쓴다는 독창적 범주만으로는 또 다른 혼란이 벌어질 수 있다. 반대로 최소한의 공통적 의미, 곧 보편적인 의미 범주 내에서 자신의 생각을 표현할 수도 있어야 한다. 상식적이고 일반적인 '뉘앙스'를 이용한 사고 전달을 말한다.

그러나 누가 무어라 해도 인문학과 말의 관계는 그 사고의 단초, 시작으로서 언어의 역할이다. 언어가 생각을 출발시키고, 그 생각을 정리하게 하며, 다시 표현하게 하는 매개라는 것은 우리 모두 다 아는 사실이다. 그렇기 때문에 모국어와 인문학의 관계가 더욱 중요해지는 것이다. 생각을 견인하는 언어는 대개 자신의 가장 편안한 언어로 이루어지기 때문이다.

가끔 일본어를 공부하는 후배들에게 묻는다. 일본어로 꿈을 꾼 적이 있느냐고. 필자의 경험이지만, 그건 대단히 중요하다. 외국어로 꿈을 꾼다는 것은 해당 언어로 자신의 무의식 세계와 의식 세계가 연결되어 있다는 의미이기도 하며, 결국 그 언어로 생각을 출발하고 전개시킬 수 있다는 것을 의미하기도 한다. 쉬운 일은 아니다.

그렇기 때문에 모국어로 인문학을 공부하고 표현하는 인문학도가 가장 행복하다. 단지 외국어로서의 인문학은 인문학적 가치의 '에큐메니즘Ecumenism', 다시 말해 가치의 소통과 확장 그리고 공감의 영역을 넓히는 데에서는 일정한 도움이 된다. 모국어로 지속하는 필자의 인문학적 사고와 그것을 외국어로 강의하는 필자는 자신의 정체성 분열 상황을 깊이 생각하게 된다. 이것 또한 한일 간 인문학의 지평 확장에 작은 기여가 되었으면 하는 생각이다.

◆ ◆ ◆

국제 학술회의와 언어

얼마 전 한 모임에서, 국제 학술회의에서 사용하는 언어 문제를 두고 몇몇 교수들과 토론을 벌인 적이 있다. 학술 활동과 언어의 소통 문제는 사실 보통 문제가 아니다. 필자야 물론 개인적으로 이미 이중 언어일 수밖에 없는 학술 영역에서 한국어와 일본어를 오가며 말하고 쓰고 하느라 정신이 없지만, 역시 언어와 소통의 문제는 가장 기본적인 학술 활동의 관건이 아닐 수 없다.

몇 사람의 교수들이 모여 그 주제로 이야기를 나누는 중에 의견은 딱 둘로 갈리고 말았다. 역시 국제 학술회의는 그 장소와 배경이 어디든 간에 이미 국제적 표준 언어의 기준이 된 영어로 하는 것이 가장 편리하고 효과적이며 공통분모를 찾기도 쉽다는 입장이 한 축이었다. 통역을 사용했을 때의 뜻하지 않은 오역과 오해뿐만 아니라, 대회 운영상의 시간과 경비 문제는 국제 학회 자체의 경쟁력에 심각한 영향을 준다는 것이었다.

또 다른 한편의 의견은 앞서 의견이 지닌 현실적 효용성은 다 인정하면서도 몇 가지 문제점을 제기했다. 우선은 각 분야, 각 언어권의 학자들이 얼마나 충실한 영어 능력을 갖추고 자신의 전문 분야를 자유롭게 표현하고 소통할 수 있겠느냐는 현실적인 문제였다. 그리고 더 한층 깊이 들어간 이야기로는 사상, 사유, 가치를 다루는 인문학 분야에서 모국어가 아닌 언어로 자신의 생각을 말하고자 할 때의 문제이다. 그러한 제약과 한계 속에서 진정한 표현과 소통이 어느 정도 가능하겠느냐는 의문이었다.

대체적 결론은 언어의 소통과 매개 분야는 그 영역의 전문가들에게 맡겨야 한다는 것이었다. 그래야 학자들은 자신의 모국어 혹은 가장 자신 있는 언어로 학술적 연구 결과를 발표할 수 있고, 거기에 진정한 국제 학술 토론의 의의가 있다는 의견이었다.

◆ ◆ ◆

아시안 학회에서 영어만을 사용할 때의 문제점

필자는 양측 의견 모두 장단점은 있지만, 아시아의 한 귀퉁이에서 아시아의 문제를 아시아 문화의 바탕에 중심을 두고 토론하는 자리에서까지 편리한 소통을 이유로 영어만 사용한다는 것은 어색한 일이 아닐까 하는 생각이다. 가장 효과적으로 빠른 시간에 발표와 토론이 이루어지는 편리한 체계로 보면 그 이상의 방법은 물론 없을 것이다. 충분히 이해하고 지지한다. 그리고 때로는 상대적 혹은 다자적 통역으로 발생할 수 있는 뉘앙스의 차이, 의미의 혼동을 극복하는 하나의 방식으로도 영어를 표준 근거의 개념으로 삼는 것이 더 정확할 경우도 있을 성 싶었다. 그러나 필자가 관계하는 대부분의 학술 모임의 주제는 1+1=2라는 영역이 아니다. 수학 공식과 화학 방정식을 나열해서 서로 간에 즉각 소통할 수 있는 분야가 아니다. 인문학은 그런 자연과학의 영역과는 천양지차가 있다.

필자의 경험에 따르면 언어 그 자체가 그대로 사고가 되고, 새로운 사유와 가치를 판별하고 주장할 수 있는 근거가 되는 인문학의 영역에서 언어가 자유롭지 못하다는 것은 생각의 손발을 묶어놓고 논의하는 격이 아닐까 한다.

인문학의 영역에서, 더욱이 서구의 근대적 학문 체계를 극복하고 동양적 사유 전통을 전개시키고자 하는 영역에서 영어로만 소통을 한다는 것에는 깊은 회의가 생기지 않을 수 없다. 아시아의 인문학에서는 전혀 다른 형식으로 전혀 다른 내용을 생산해야 할 때도 허다하기 때문이다. 그래서 경우에 따라 다르겠지만, 인문학의 국제적 소통을 위한 상호 혹은 다자간의 통역 및 번역 분야를 크게 발전시켜야 하지 않을까 한다. 가장 고급의 통역은 국가 간 정치 외교 분

야에 필요하겠지만, 학술 토론의 전문 영역에서도 더욱 향상되어야
하지 않을까 한다.

♦ ♦ ♦

한·중·일의 한자 문화권

그리고 또 다른 대안으로 한·중·일 그리고 일부 아시아 학자들
간의 깊은 소통을 위해 '한자' 권역의 소통 체계도 현대화시킬 필요
가 있다는 생각이다. '한자'라는 공통적인 표현 방식, 즉 한자가 지
닌 시각적 '표의 체계'가 역시 아시아의 인문학적 소통에서는 깊은
효용성을 발휘하지 않을까 하는 생각도 든다. 그것을 일방적으로 청
각적 '표음 체계'의 영어나 서구어로 맞바로 전환했을 때 오는 내재
적 혼란을 극복하는 길이기도 하다.

필자가 한일 간에서 한국어와 일본어를 이중 학술 언어로 사용
해 보니, 동류의 언어 체계 안에서는 정교한 의미 호환까지를 감안
하여 더욱 세밀한 개념 전이를 도모하지 않을 수 없다. 그러나 이에
비하여 간혹 대하는 영어와 한국어, 영어와 일본어 간에는 큰 덩어
리의 의미 전달만 시도하는 난삽한 번역이 대부분이라는 판단이 깊
다. 그래서 때로 같은 분류 언어 체계 간의 번역과 통역이 훨씬 어렵
다는 사실을 충분히 인정한다.

즉, 한국어와 일본어 간혹 중국어와 한국어(물론 중국어가 어순에서는

영어에 더 가깝다고는 하지만) 간에는 정밀하고 미묘한 의미 차이까지 구사하지 않으면 좋은 번역과 통역이 될 수 없는 것이 사실이다. 정답이 없는 논의이지만 학술과 소통, 구체적으로 국제 컨퍼런스와 언어의 문제를 다시금 생각해 볼 필요가 있다.

◆ ◆ ◆

인문학적 언어 연습의 또 한 가지, 날씨 묘사

필자는 일기에 날씨를 비교적 상세하게 적는 편이다. 그다음 내용을 쓰는 데에 마음이 바쁠 때는 그냥 상투적으로 맑음, 갬, 흐림, 비 등으로 쓰는 경우도 있지만, 되도록 흐려도 잔뜩 흐리다든지 바람이 어떻다든지 꽃잎이 어떻다는 등 자세히 쓰려고 한다. 그것이 인문학적 날씨 묘사, 날씨 보고라고 생각하는 까닭이다. 맑은 날이라고 해도 상당히 그 느낌들이 다르지 않을까. 그냥 맑다고 느끼는 날이 있는가 하면 정말 눈이 부시게 푸른 하늘, 거기서 쏟아지는 찬란한 햇빛을 온몸으로 맞는 날도 있지 않은가 말이다. 그리고 비가 와도 가늘고 고운 이슬비, 추적추적 내리는 궂은 비, 때로는 휘몰아치는 거센 비바람도 있을 것이다.

그렇다. 같은 비라도 그 비를 맞고 그 비를 보는 사람의 성정에 따라서 전혀 다른 비가 되고, 그것을 기록하고 묘사하는 것도 전혀 다르게 나타날 수 있는 것이다. 한국의 우스갯소리에 가까운 옛말이 있다. 한 나그네가 친구의 집에 여러 날 객으로 머물고 있었다. 집주인의 입장에서 친구가 며칠 자신의 집에 기거하는 것은 좋으나, 그것이 여러 날 지속되자 집안 형편도 그렇고 이제 좀 떠나 주었으면 하는 바람이 있었다. 한편 나그네인 친구는 딱히 정한 다음 목적지도 없고, 되도록이면 좀 더 지금 머물고 있는 친구 집에서 신세를 졌으면 하는 마음이었다. 그러던 어느 날 아침부터 비가 부슬부슬 내리고 있었다. 집주인인 친구와 나그네인 친구가 나란히 창가에 서서 비 오는 마당을 내다보았다. 집주인인 친구가 먼저 혼잣말처럼 말했다. "가라고 가랑비가 오는구나…", 그러자 나그네인 친구가 그 말을 받았다. "아, 있으라고 이슬비가 내리는구나…" 여기에는 날씨 묘사의 정서 투영이 들어있다. 그리고 옛 한국인들의 은근한 비유와 멋을 지닌 언어표현의 특징도 엿보인다.

그래서 날씨를 정확히 예보하고 정확히 측정하고 정확히 대응하는 것이 과학이라면, 그것을 다양하게 느끼고 풍부하게 표현하며 전혀 다르게 서로 전하는 것이 인문학적인 영역이 아닐까 한다.

사실 여름날 소나기 같은 것은 여기 내가 사는 동네에는 거세게 쏟아졌는데, 길 건너 동네나 산 너머 마을에는 언제 비가 왔느냐는 경우도 있지 않은가. 날씨의 현상과 표현은 인문학과 같은 것이다. 그날 날씨를 잘 묘사하고, 그것에 자신의 마음 상태를 잘 연결시켜 보는 생각과 표현을 통해 인문학을 연습할 수 있을 것 같다.

수집, 애착, 잡학을 통한 인문학 연습

필자는 어려서부터 남다른 수집 편력이 있었다. 또래 집단과 어울릴 수 없이 대개 입·퇴원을 반복하던 처지여서 부모나 친지들 덕분에 당시 내 또래가 경험하지 못한 많은 장난감을 보유했다. 하루 종일 그것을 분류하고 정리하다가 다시 흩어 놓는 것이 놀이이자 일이었다. 그러나 갖고 놀고 싶은 장난감 하나를 찾다가 몇 시간을 소비한 후, 마음먹은 바 있어 그걸 하나씩 주변에 나누어주기도 하고 버리기도 하였다.

그리고 장난감이라고 할 수는 없지만, 모자, 캡cap을 그렇게 좋아하여 수집 비슷하게 하였으나 머리가 유난히 큰 편인 필자에게 딱히 잘 맞는 모자는 드물었다. 지금도 몇 개 좋아하는 모자가 있기는 하지만 심드렁하다. 또 호루라기에 대한 집착도 있었는데 그 역시 시끄럽다는 주변의 항의에 싫증을 내고 말았다. 하모니카를 비롯한 몇 가지도 마찬가지이다.

중학생 나이에는 우표 수집에 심취했는데, 이걸 모으기 위해 해외 펜팔도 하며 정신없이 몰두했다. 기념 시트 우표가 발행되면 필자 대신 어머니가 새벽부터 우체국에 줄을 서야 했던 일도 한두 번이 아니었다. 결국 그것이 고교 시절 무렵에는 꽤 고가의 '컬렉션collection'이 되었다. 그런데 그 역시 사고가 났다. 고교 시절 집이 학교에서 가까워 매일 수십 명의 친구들이 수시로 자유로이 왕래하던 필자의 방 한가운데 보란 듯이 놓아두던 우표책 전질을 잃어버리고 만 것이다. 물론 친구들의 소행은 아니다. 누군가 맘먹고 친구를 가장해서 가져간 것으로 짐작한다. 며칠을 억울해하다가 그 애착도 버렸다.

글 쓰는 직업 이후에는 만년필과 볼펜에 대한 수집 애착이 있어 꽤 고가의 것만 해도 몇십 자루 이상을 모았다. 그런데 어느 날 이사 중에 일부러 챙긴다는 것이 필자의 실수로 버려야 할 짐 속에 그것을 넣고 말았다. 알아차린 후 혼비백산, 옛집으로 되돌아가 찾았으나 이미 이삿짐 쓰레기는 치워진 후였다. 가슴앓이를 하며 또 잊어야 했다.

원래 필자의 책 읽기는 잡식성이었다. 물론 지금껏 전공 관련이 제일 많기는 하겠지만, 어릴 적이나 대학 시절까지만 해도 경계를 넘나드는 속독, 난독자였다. 오죽하면 안 읽은 책도 드문 듯하고 제대로 읽은 책도 드문 듯한 실정이었다. 게다가 대학 졸업과 함께 출판사에서 백과사전 원고를 쓰는 직업을 갖게 되었다. 출근하면 하루 종일 책과 자료를 읽고, 적어도 원고를 하루 8천 자 이상은 평균적으로 써야 하는 직업을 10년간 지속했다. 전부 손으로 원고지에 쓰던 시절이다. 그래서 필기도구에 대해 과민할 정도로 까다로웠고 손가락에는 전부 굳은살이 생겼다. 그때 그 시절의 홍수 같은 자료 읽기와 폭풍 같은 글쓰기가 그래도 지금 필자의 알량한 지식의 원천임을 절대 부인할 수 없다.

인문학 연습은 여러 분야에 대한 다양하고 적극적인 관심, 강인한 지적 흡인력에서 출발하는 것이다. 물론 그것 자체에 대한 집착으로만 점철된다면 문제가 있다. 지향과 집착, 끈질긴 관심과 함께 홀연하게 냉정한 작별을 얼마나 잘 준비하고 구사할 수 있느냐로 인문학적인 지적 유영은 판별된다.

한 고아 청년이 있었다. 부모가 누군지도 모르고 시설을 전전轉轉하며 자랐다. 그에게 세상에서 가장 부러운 것은 가족이었다. 부모나 형제가 있는 친구들을 보면 가슴이 휑하니 뚫린 것같이 외롭고 부러웠다. 그러나 어려운 여건에도 불구하고 성실히 공부하고, 열심히 일하여 어느덧 어엿한 사회인이 되었다. 그 무렵 자신과 똑같은 처지의 처녀를 만났다.

처녀 역시 고아로 어렵게 자랐음을 알았다. 두 사람은 금세 마음이 통했다. 사실 두 사람 모두 나중에 혹 짝을 만난다면 가족이 많은 그래서 유복한 사람을 만나 시끌벅적 함께 살고 싶긴 하였지만, 그들 처지에 그런 조건의 상대를 만나고 맺어지기가 만만치 않은 것도 사실이었다. 그들이 고아라는 것은 사회에 나와서도 따라붙는 또 다른 '마이너스' 조건이었다.

고아 청년은 어느 날 결심하고 그 처녀에게 편지를 썼다.

이제 가능하다면 나는 그대의 남편이 되고 싶습니다. 그리고 더하여 그대가 평생을 그리워했을 아버지도 되겠습니다. 그뿐만 아니라 보너스로 그대가 한 사람만 있었으면 했을 오빠도 되어 드리겠습니다. 그리고 물론 앞으로 그대가 낳을 아들과 딸의 아빠도 되고 싶습니다.

이 편지를 받은 고아 처녀는 가슴이 뭉클해졌다. 자신이 지금껏 꿈꾸어 온 가족이 그 안에 다 들어 있었던 것이다. 그래서 곰곰이 생각하다가 답장을 썼다.

그럼 저도 당신을 위해 무엇이든 되어 드리겠습니다. 물론 당신의 제일가는 아내가 되어 드리겠습니다. 그리고 당신이 평생을 그리워했을 어머니가 되어 드리겠습니다. 그리고 역시 보너스로 하나만 있었으면 했을 고운 누이도 되겠습니다. 물론 당신의 아들, 딸의 좋은 엄마가 되도록 하겠습니다.

물론 실화이다. 고아 청년 고독 1과 고아 처녀 고독 1이 합치면, 보통 1+1=2가 공식임으로 고독 2가 그 정답이 되는 것으로 알기 쉽다. 일반적으로 천애의 고아 둘이 결혼을 하면 더욱 외로워 못산다는 말도 있기는 하다. 그러나 앞의 둘은 달랐다. 고독 1 더하기 또 다른 고독 1을 했는데도 불구하고 결산해 보니 남편 하나, 아내 하나,

어머니 하나, 아버지 하나, 오라버니 하나, 여동생 하나, 외로운 김에 아들딸 각각 둘씩 넷을 낳아 아이들 넷, 결국 가족 열이 되었다. 여기서는 계산이 '1+1=10'이 된 것이다. 누가 이 계산을 틀렸다고 할 수 있을 것인가? 단지 '1+1은 2가 될 경향성'이 클지는 몰라도 우리들 삶과 꿈을 포괄하고 관통하는, 사람다운 삶의 가치적 내재 속에서는 얼마든지 다른 해답과 융통성이 있을 수 있다.

◆ ◆ ◆

1+1=2, 다른 답은 없을까

일본의 TV 아사히(朝日) 계열인 ABC TV 방송에 '비포 엔 에프터 before and after'라는 프로그램이 있다. 아주 오래되고 낡은 집을 휴머니즘을 지닌 리모델링 전문 건축가가 맡아 전혀 다른 공간으로 재창조해 나가는 과정을 방송한다. 건축은 분명 건축이니 공간의 제약, 기본적 구조의 조건 등에 입각 엄밀한 계산을 해 나갈 수밖에 없을 것이다. 그러나 이 프로그램의 백미는 그 집에서 행복하게 살아갈 가족들 한 사람 한 사람을 깊이 이해하는 건축가의 마음이 깃들여지는 과정이다.

연로한 부모님이 계실 경우 그분들의 건강 상태, 평생 즐겨 온 취미, 가장 중요하게 여기는 가치 등등을 새집의 공간 설계에 다 감안한다. 혹 장애가 있는 가족이 있을 경우에는 그에게 집 안에서 보장되는 최대한의 자유를 위해 공간과 시설을 계획한다. 그리고 어린이는 어린이, 학생은 학생, 주부는 주부의 역할과 행동반경, 무엇보다 그들의 행복이라는 조건이 공간 효율을 압도하는 방향으로 추진되는 건축이다.

'수학적 계산'과 '인문학적 계산'이 잘 어우러진 해답이 도출되면, 단지 편리하고 튼튼한 새집만이 아니라 가족을 이어 하나로 합하는 공간으로 재탄생하는 과정을 추적하는 것이다. 그리고 그 공간을 새로 만난 가족들은 대개 눈물 어린 감동으로 행복해한다. 거기에 분명 인문학적 계산법이 있다.

역사학의 방법론을 사용하는 종교 강의에서 필자는 우선 역사 자체에 대한 이야기를 먼저 한다. 역사를 어떻게 이해하면 가장 좋을까 하는 설명에서는 간혹 수학 이야기를 하기도 한다. '피타고라스 정리'이다.

"여기 완벽한 직각 삼각형이 있다고 가정하자. 그러면 직각변의 제곱에 또 다른 직각변의 제곱을 더한 값은 빗변의 제곱의 값과 일치한다. 그런데 이 '피타고라스의 정리'는 만고의 수학적 진리임에 분명하지만, 역사 안에서 실제로는 한 번도 이루어진 적이 없다. 우리가 완벽한 직각 삼각형을 그리거나 만들 수가 없었기 때문이다."

대개 여기까지 설명하면 강의실이 조용한 가운데 '그런가? 정말 그런가? 잘 만들면 만들 수 있지 않을까' 하는 분위기가 감지된다. 그리고 가끔은 정밀한 컴퓨터로 그리면… 하다가는 금세 자기모

순을 알아차리고 말을 멈추는 학생들도 있다. 그러면 필자는 우리들 머릿속에서는 완벽한 직각 삼각형을 그릴 수 있다고 말한다. 상상과 가정과 이상적 개념으로는 얼마든지 가능하다고. 그뿐만 아니라 근사치, 비슷하게는 얼마든지 그릴 수 있다고 한다. 그러나 완벽한 직각 삼각형, 그 자체는 실재하지 않는다.

♦ ♦ ♦

다시 1+1에서 1은 과연 무엇인가

그리고 역시 1+1=2로 간다. 그리고 과연 1이 무엇인가에 대해서 한참을 토론한다. '하나'라는 것이 어떤 구성, 단위, 범위, 주체로 결정되느냐에 따라 '하나'도 여러 가지여서 역사 안에는 1+1=2가 실제로 성립된 적이 한 번도 없다. 그냥 개념으로 '하나'에 또 '하나'를 더하면 '둘'이 된다고 생각하는 것이라고 말한다.

학생들은 대체로 수긍한다. 그래서 역사는 수학과 가장 먼 곳에, 우리와 가장 가까운 곳에 그렇게 부족하고 불완전한 채로 있다고 설명한다. 그러면 어떤 학생은 빙긋이 웃으며 혼잣말처럼 중얼거린다. "그래서 내가 그렇게 수학을 싫어했구나…." 얼마나 빛나고 귀여운 응용인가.

역사는 우리의 실존 자체이거나 아주 가까이에 있는데, 그 역사적 실재와 가장 먼 곳의 진리가 수학적 진리라고 일러 주면 바로 그렇게 멀리 있는 것이어서 자신이 수학을 싫어했다는 것이다. 수학을 싫어한 그는 그 정도의 '메타포'를 잘 응용하여 인문학 공부를 잘해 낼 수 있을 것이다. 필자도 빙긋이 웃어 준다. 정말 그렇다고.

◆ ◆ ◆

전쟁 소식과 인문학

필자는 반전주의자이다. 어떤 이유와 명분으로도 전쟁은 안 된다. 혹 '방어 전쟁'이라는 개념이 있다 해도 그것마저 어떻게 하든 피할 수 있으면 피해야 하는 것이다. 전쟁은 인류가 저질러 온 죄악 중 가장 무거운 죄악이다. 멀리는 그만두고 가까이 일본과 한국의 역사에서만 봐도 전쟁은 가장 참혹한 상황과 후유증을 낳았음을 금방 확인할 수 있다.

특히 전쟁에서는 네 편 내 편을 불문하고, 그 사회의 가장 약한 이들이 가장 큰 희생을 치른다. 오히려 전쟁을 주도하고 그것을 실행한 이들보다는 간절히 그것을 반대하는 이들이 먼저 처절한 상황에 처하는 것이다. 전쟁은 곧 다수 민중이 흘린 '피의 강'이다.

인문학적 사고는 전쟁을 피하는 생각에 가장 근접한다. 한 지역, 나라의 전쟁이 휩쓸고 지나간 시공간에는 역사적으로 반드시 인문학적 성찰이 뒤따른다. 문학이 나오고, 역사가 기록되며, 구구절절 수많은 사람들의 이야기가 펼쳐진다. 이 모든 성찰의 결론은 전쟁만은 안 된다는 것이다. 진정한 인문학적 계산은 많든 적든 사람들의 희생을 바탕으로 얻고 도달하는 가치는 결국 손해일 수밖에 없다는 것이다.

최근 뉴스에서 이르기를, 한반도에서 전쟁이 일어나서 최소 일백만 명이 희생되면 통일이 가능하다고 한다. 이는 그야말로 철저히 반反인문학적 사고이다. 필자는 아무리 통일이 한민족의 '소원'이고 귀중한 '가치'라고 해도 일백만 명의 목숨을 값으로 주고 산다는 것은 말도 안 되는 일이라고 생각한다. 우선 나머지 7천 6백만이 좋기 위해 일백만 명이 희생할 수도 있다는 생각 자체가 어불성설이다. '적敵인문학적 사고'이다.

전쟁에 이기기보다는 전쟁을 막는 것이 인문학이다. 전쟁 이후의 참상을 성찰하고 그것은 나쁘다고 하는 것도 인문학의 역사이지만, 그보다는 전쟁을 막을 가치와 그런 정신을 확산시키는 것이 더욱 중요하다. 자존심을 세우기 위해 전쟁에서 이길 것이 아니라 자존심을 죽이고 전쟁을 막아야 한다. 지도자의 자존심이나 정치가의 위신, 군인의 명예보다 소중한 것이 다수 민중의 목숨이며, 고귀한 생존임을 일깨우는 것이 인문학적 가치이다.

전쟁의 소문, 전쟁의 조짐이 흉흉한 중에 인문학자들은 무엇을 생각하고 있을까. 전쟁에 이길 생각을 하는 이들은 하루 속히 전쟁을 막을 방도를 찾아야 한다. 응징을 생각하는 이들은 응징할 필요가 없는 조건을 만들어야 한다. 상대가 못하면 우리가 해야 한다.

인문학과 예외적 존재

가끔 필자는 장애인으로서 특별한 대우를 받을 때가 있다. 대부분 '예외'로 인정받는 것인데, 예외 취급을 받는 것이 사실 그렇게 기분 좋은 일은 아니다. 그러니 예외 취급이 아니라 대우를 받는 것으로 생각해야 할 것이다. 예외와 대우는 종이 한 장 차이이다. 예외적 존재, 소수자, '마이너리티'가 어떻게 취급받는지에 따라 한 나라, 한 사회, 한 공동체의 격이 달라지는 것은 당연한 일이다.

필자는 어린 시절부터 사회생활을 시작한 후에도 계속 이를 악물며 예외가 아닌 삶을 살고자 노력했다. 기를 쓰고 노력하여 최소한 전체 대오에서 이탈하지 않으려는 목표가 있었다. 그렇지 않고서는 그 시절 한국 사회에서 불리한 조건의 사람이 어느 정도 사람 취급을 받고 살기란 불가능에 가까운 일이었다. 필자 역시 점점 달라지기는 했지만, 누가 좀 도와주려고 해도 그것이 혹시 동정은 아닐지 의심부터 하는 적이 많았다. 같은 값이면 스스로의 힘으로 극복하는 의지가 진리인 것처럼 여겨졌다.

장애를 지닌 이들이 사회에서 나름의 역할을 하거나 목표를 이루는 가장 중심적인 방식으로 '대오이탈불가원칙'이 각광을 받았다. 물론 필자 역시 예외 없이 그 원칙 아래 '인간 극장'을 연출하며 살았을는지도 모른다. 이 방식이 좋은 측면도 있다. 불리한 조건을 가진 이가 좀 더 굳건해지고 독립심도 강해지며 때로는 감동적인 용기를 보이기도 하기 때문이다. 징병제가 실시되고 있어도 필자는 군대를 다녀오지 않았다. 그런데 누구보다도 군대 이야기를 많이 들었다. 젊은 시절 비교적 긴 군대 생활을 한 친구들은 돌아가며 끊임없이 필자에게 군대 생활의 경험을 이야기해 주었다. 나중에는 친구뿐만 아니라 필자의 제자들까지도 군대를 다녀온 이들은 예외 없이 그랬다. 거기에는 '아주 좋은 이유'와 조금은 '괘씸한 이유'가 함께 있었다.

그런 극단적 경험을 하지 못한 필자를 배려해 되도록 상세하게 그 체험을 전해줌으로써 간접적이나마 그 이해를 더해 주려는 의도가 전자라면, 군대를 다녀온 사람에게는 결코 통하지 않는, 속된 말로 '애교 어린 사기'나 '뻥'이 필자에게는 잘 통했기 때문이다. 대한민국의 모든 여자친구가 남자친구에게 듣는 군대 이야기, 군대에서 한 축구 이야기가 세상에서 가장 재미없는 이야기라 호소할 때 나는 격하게 공감한다. 그런데 그 재미없는 이야기 중에서도 유독 흥미를 끄는 이야기가 하나 있으니 대개 어느 부대에나 있을 법한 '고문관'*, 즉 '열외'에 대한 이야기이다. 지금 생각해 보면 군대라는 획일

---

* 이 말은 해방 후 미군정 시대의 한국군 창설 당시, 한국군에 일시 파견된 미군들이 한국어를 전혀 알아듣지 못한 채 한국 군대의 지휘 체계에 벗어나 별도의 엉뚱한 행동을 하는 사례에서 유래하였다.

화된 통제 조직에서 역설적으로 가장 '인문학적인 존재'가 바로 그들 '고문관'이나 '열외'가 아니었을까 싶다. 그들이 없었다면 군대는 그야말로 얼마나 삭막한 조직이었을까?

이렇게 말하면 필자의 친구들은 역시 그대가 군대를 다녀오지 않아서 낭만적인 생각을 한다고 할지 모르겠다. 평시의 군대에서나 '고문관', 즉 '열외'가 간혹 재미있게 회자되는 것이지, 전시나 극한 훈련 중에서는 그들 때문에 전 소대가 절체절명의 위기에 빠질 수도 있다고 할지 모르겠다. 그 또한 맞는 말이다. 그러나 어떻든 인문학은 다수의 통일적 사고나 조직, 조건, 일률적 성과나 정답보다는 좀 튀고, 얼토당토않은 것에 가깝다. 그러니 예외적인 '고문관'이나 '열외'적 존재가 인문학적 가치와 더 잘 통한다는 필자의 생각은 굳건하다.

인문학을 위하여 4
타인의 인생을 이해하는 학문

전 하버드대학 총장 드루 길핀 파우스트Drew Gilpin Faust는 2013
년 3월 한국을 방문할 당시 한국 미디어와의 인터뷰(2013년 3월 18일 자
한국 「연합뉴스」 인터넷판)에서 이렇게 말했다.

"학문에서 인문학이 기본이라고 봅니다. 제 인생에서 가장 중요
한 가르침을 주신 분들은 고교 시절 선생님들입니다."

1636년 설립된 미국의 가장 오래된 대학이자 세계 최고의 교
육 수준을 자랑하는 하버드 대학 최초의 여성 총장 파우스트(28대)가
2007년 10월 총장 취임 이후 처음으로 한국을 찾았을 때이다. 자신
을 역사학자로 소개한 그녀는 하버드대학과 한국의 인연, 하버드대
학을 거쳐 간 한국 학생들의 장점, 바람직한 인재상 등에 대해 솔직
하게 이야기했다.

파우스트 총장은 학문의 기초로서 인문학을 강조하고, 세상을
살아가는 가장 중요한 덕목으로 '다른 사람들의 관점을 이해하고 그
들과 협력하면서 공동의 목표를 달성하는 것'을 꼽았다. 대표적으로

인문학 관련 학술 여행 중 하버드대학 교정에서 필자

자신이 고등학교에 다닐 때 국어(영어) 선생님에게서 '생각하고 글을 쓰는 것'을 배웠다면서 "고교 시절 선생님들은 삶을 어떻게 살아야 하는지를 가르쳐 주었다"고 말했다.

하버드대학은 인문학을 특히 중시한다고 들었다. 세계가 과학과 공학 그리고 기술을 중시하는데 인문학을 앞세우는 이유가 따로 있느냐는 질문에 다음과 같이 답했다.

"학문에서 인문학이 기본이라고 본다. 인문학은 마음속에 뭔가 좋은 습성을 심어준다. 어떤 궁금한 점이 닥쳤을 때 이를 바라보는 방식이라든지 어떤 사람의 삶을 이해하는 방식을 말한다.(…)

어떤 사물을 인식하면서 맥락 속에서 이해하는 것이야말로 중요하다. 우리만의 세계를 넘어 사물을 이해해야 한다. 시간과 공간 차원 모두 마찬가지이다. 인문학을 통해 이런 것들을 할 수 있다."

하버드대학의 총장이 한 이야기라서 무언가 다른 것이 아니고, 하버드대학이 인문학을 강조한다고 해서 유달리 특별한 것도 결코 아니다. 다만 인터뷰 중에 필자가 공감한 내용은 다음과 같은 부분인데, 특히 강조하고 싶다. 인문학을 모든 학문의 기본이라고는 자주들 말하지만, 왜 그런지에 대해서는 의견이 분분하다. 파우스트 총장은 '다른 사람들의 관점을 이해하고 그들과 협력하면서 공동의 목표를 달성하는 것'과 인문학을 연결했다. 인문학이 결코 내 멋대로 내 것만을 의미하지도 않는다는 아주 중요한 항목을 언급하였다. 그리고 "인문학은 마음속에 뭔가 좋은 습성을 심어준다. 어떤 궁금한 점이 닥쳤을 때 이를 바라보는 방식이라든지 어떤 사람의 삶을 이해하는 방식을 말한다"라고도 했다. 결국 우리에게서 인문학은 다른 이의 삶을 이해하는 풍성한 관점으로 작용하는 것을 말한다. 인문학이 시공간 모두를 통해 자신을 열고, 세계와 다른 사람을 용납하는 넉넉함을 길러 준다는 내용으로 그 핵심을 설명하였다.

정확히 필자의 생각과 일치한다. 그러나 그이의 인터뷰에서 필자가 특히 크게 지지하는 항목은 고등학교 영어 선생님(그녀에게는 국어 선생님)에 대한 언급이다. 그 선생님들에게서 생각하고 글 쓰는 것을 배웠는데, 그 선생님들이 바로 삶을 어떻게 살아야 하는지를 가르쳐 주었다는 대목이다. 생각하고 글 쓰는 법과 삶을 사는 방법, 거기에 인문학의 가치가 집약되어 있다.

사실 인문학적 사고는 고등학교 정도에서 다 습득해야 한다. 인문학이란 이렇듯 기본 중의 기본이니, 인문학이 모든 학문의 정신과 그 내재적 의미로 작용해야 하는 것이 당연할 것이다. 역사학을 공부한 파우스트 교수의 인문학에 대한 기본 이해에 지지를 보낸다.

◆ ◆ ◆

혼자만의 행복이 다른 이의 행복으로도 이어지는 기쁨

인문학은 자신을 발견하는 길이며, 삶의 무게를 딛고 세상을 정면으로 바라보면서 만물의 의미와 유대를 강화하는 데에 목표가 있다. 그리고 또 하나 참으로 세상을 재미있고 행복하게 살 수 있도록 하는 것이 그 목적임을 강조하고자 한다. 때로 종교나 깨달음을 말할 때도 지나치게 그 가치나 헌신, 궁극적인 의의만을 말하면 선뜻 나서기 두려워질 때가 있다. 인문학 역시 참 좋은 것 같고 의미도 큰 것 같은데, 어렵고 험하고 먼 것 같은 이미지가 있었던 것도 사실이다.

진정한 자신을 찾는다거나 참으로 가치 있는 것을 추구한다거나 다른 사람들에게 선한 영향력을 미칠 수 있다거나 모두 그대로 옳고, 다 맞는 말이다. 단, 한 가지 말해보자면 인문학은 자신이 참 재미있고 신나며 행복하기를 바라는 목적도 큰 비중을 차지한다. 예를 들어 하나의 의미만 알 수 있는 것에서 열의 의미를 알 수 있고, 나에게만 유리한 결과와 행복으로부터 다른 사람의 행복을 보고 스스로도 행복을 느낄 수 있을 만큼 상당히 유쾌하면서 즐거운 관점들도 많이 있다.

〈푸른 봄 한일의 희망〉 (2022. 3.)

맥락이 다르지만, 필자는 한국적 인문학의 한 모델로 가끔 조선 시대 후기 '김삿갓'을 생각한다. 혹 풍자, 조소, 시 등의 관점에서만 본다면 그 주제가 좀 다를지 모르지만, 세상과 생애의 관조 그리고 자기 성찰과 한계에 대한 차원 높은 삶의 실행 등에서 많은 시사점 을 발견한다.

필자는 연속으로 인문학의 중요성, 인문학적 사고, 인문학의 지 향점 등을 논하고 있지만, 지식이 짧고 안목이 부족해서 주제에 잘 접근하고 있는지는 스스로도 자신이 없다. 그렇다 보니 이런 글쓰기 과정에서 혹여 또 다른 오해가 생기지는 않을까 우려스럽다. 우선 은 필자가 '인문학 지상주의자'인 것처럼 보일 수 있다는 점에서 그리고 '인문학'은 무조건 좋은 것이고 최고이다라는 생각을 지닌 것처럼 보일 수도 있다는 점에서이다. 그러나 필자는 오히려 인문학의 병폐는 없었는가를 꼭 짚고 넘어가지 않으면 안 된다고 생각한다. 한마디로 말해 필자는 결코 '인문학 지상주의자'가 아니다. 인문학이면 다 된다는 생각도 물론 하지 않는다.

예를 들어 여성학 학자들이나 페미니스트들에게 한번 물어보라. 그들이 여성(젠더) 관련 주제를 특별히 연구하고 싶고, 주장하고 싶어서 그렇게 하는 것이 아니라는 대답이 거반 대다수일 것이다. 워낙 저울의 기울기가 기울어져 있어서 그것을 강조하고, 개선하고자 주장하지 않으면 안 되는 것이 그 출발점이라고 할 것이다.

필자는 강의에서 자주 이렇게 말한다. 균형이 맞지 않는 역사적 '언밸런스unbalance'를 개선하기 위해, '밸런스' 상태를 되찾기 위해서 시계추를 한가운데로 가져오는 것은 큰 의미가 없다. 그렇게 해보았자 관성으로 인해 원래의 '언밸런스'로 곧 복귀하고 말기 때문이다. 따라서 이 불균형을 바로잡으려면 추를 정반대의 다른 극으로 가져다 놓아야 한다. 그러면 추는 탄력을 받아 흔들흔들하다가 일정한 시간이 흐른 후 우리가 바랐던 그 지점, 곧 '균형' 상태의 지점에 멈칫멈칫 머물러 설 가능성이 커지는 것이다.[*]

---

[*] 필자의 다른 칼럼, 「일본어로 읽은 『82년생 김지영』」에서도 이미 표현한 적이 있다.

인문학이 최고라고 필자가 이토록 강조하고 주장하며 우리들의 형편없는 인문학적 사고를 더 연습해야 한다고 외치는 것은, 바로 지금 이 시점의 학문과 삶 그리고 역사 안에서 인문학이나 인문학적 사고가 거의 상실되었기 때문이다. 이와 같은 때는 인문학 그 자체가 지닌 가치도 물론 대단한 것이지만, 모든 것에 앞서 모든 것의 바탕에 인문학과 인문학적 사고가 위치하지 않으면 안 된다고 강력히 주장해야 한다.

◆ ◆ ◆
인문학은 역사 속에서 양날의 칼이었다

조선 시대 과거 시험 문제는 오직 인문학뿐이었다. 물론 과거 시험 이전에 유교 경전인 '사서삼경'에 통달하고 천기와 인륜에 대한 깊은 이해가 있어야 했지만, 결국 시험은 화두를 걸고 시문을 지어야 하는 것이었다. 그 경쟁에서 빼어나야만 급제하여 목민관으로 나설 수 있었다. 물론 전근대 사회에서 과거제는 장점도 많은 탁월한 등용 방식이었다. 그러나 이것도 한길로만 지나치게 치닫는 과정에서 수많은 병폐가 뒤따랐다.

우수한 시문 능력은 인격과 학문수양의 결과로서 빙산의 일각처럼 드러나야 함에도 불구하고, 그 결과에만 생사生死와 명운命運을 걸다 보니 수많은 편법이 발생했다. 더구나 인문학이 '정치'에 깊이 개입하면서 관학파官學派의 대부분이 옹졸하고 용렬한 입장을 취했기 때문에 인문학이 지닌 깊고 넓은 상생의 경지를 다 잃고 말았다. 심지어 답이 여럿일 수밖에 없는 인문학에 하나의 답을 만들어 정답과 정설로 내세우고, 거기에 미치지 못하거나 반하는 자는 밀어내어 처단하는 정쟁으로 몰고 갔다. 결국 조선 시대 인문학은 피비린내 나는 '피(血)의 인문학'이 되고 말았다. 물론 그 시절에도 세상의 명리를 마다하고 초야에 묻히거나 경계를 방황하며 소인배들을 조롱한 '풍류의 인문학'도 있기는 했다. 인문학이 역사 속에서 '양날의 칼'이었음을 숙지하게 되는 대목이다.

다른 이야기를 하나 해 보자. 중세에 이르기까지 기독교 사상사는 비교적 인본주의이던 헬라와 로마의 철학을 '헤브라이즘hebraism'과 화학적으로 결합해 엄격한 신본주의 사고를 고착시켰다.

중세의 신본주의는 반反인문학이었다. 본래 그리스도교의 신은 인간에 대한 무한한 사랑으로 점철된 존재였으나, 중세의 신은 인간을 사랑하지 않고 오로지 '권위'로만 무장된 신이었다. 물론 당시의 '종교적 인간'들이 작위적으로 만들어 낸 신이지만 말이다. 그 후 르네상스와 종교개혁을 거치면서 인간은 작위적인 신의 치하에서 어느 정도 자유를 얻었다. 새로운 인본주의이자, 인문학의 복원이다. 그러나 그 이후에도 지속적으로 형성되는 권위적 기독교는 인문학의 완전한 복원을 용납하지 않았다. 기독교 사상사의 반복적 흐름은 인문학이나 인본주의를 배격하는 입장으로 계속 복귀하는 도정이었다. 기독교 신학에서 정통, 근본, 경건, 보수를 말하는 사고구조는 다시 말하면 인문학적 사고를 배격하는 것이다. 그리고 그 근본이 '하느님 중심'이라는 주장으로 구현된다.

그러나 실제 신본주의로 주장되는 신학이든 그 반대의 경우이든 기독교 신학 사상의 양 끝에는 모두 인간밖에 없다. 즉, 정통보수의 극단, 스스로 하느님 중심이라고 주장하는 극단적인 근본주의 신학에는 오히려 그야말로 작위적인 인간 중심의 사고가 자리 잡고 있다. 물론 다른 편의 극단인 인본주의 신학, 즉 신학의 해체와 인간의 완전 자유를 선언하는 부류에서도 역시 인간을 사랑하는 하느님과 절대타자로서의 신의 존재는 그 전제마저 사라지기도 한다.

더 심각한 것은 기독교 흐름의 또 다른 보수적 맥락이라고 주장하는 성령운동, 축복신앙, 기도원운동, 신유집회, 부흥회적 신앙마저 극단으로 귀착하면, 정작 그곳에도 하느님은 없다는 점이다. 그래서 필자는 진정한 '인문학적 신학', '인문학적 종교학'을 생각한다. '인문학'과 '기독교 신학'을 양극단에 위치시키고 배격해 온 사고 구조가 오히려 신학의 극단적 인본주의를 주도했고, 무신론의 파편적인 인문학을 형성했다고 본다. 언제 신과 인간이 그토록 대치적인 관계였던가.

이러한 생각을 다시 점검하고 고뇌하는 것으로부터 그리스도교 사상은 제자리를 찾을 수 있고, 무엇보다도 겸손해질 수 있다고 여긴다. 아시아에서는 기독교 신학을 더욱 인문학적으로 탐구할 필요가 있다. 인문학은 답이 여러 가지이다. 하느님은 인간이 만든 신학적 개념 속에 갇히기를 원치 않는다. 정통 보수신학자들, 이른바 신본주의자들이 경청해야 할 '하느님의 자유선언'이다.

◆ ◆ ◆

죽음에 대한 몇 가지 질문

인문학의 사고를 진작하고자 하는 논의에서 뚜렷한 결론은 없다. 답이 여러 가지라는 전제와 같이 결론도 여러 가지일 수 있기 때문이다. 몇 차례 거듭한 인문학적 논의의 귀착을 어떻게 마무리할까 고심하였다. 지금까지 필자가 칼럼에서 주로 서술한 인문학의 방향은 삶에 대한 논제였다. 삶을 어떻게 보고 어떻게 사느냐와 관계된 것이었다. 물론 삶에 대한 이야기는 그대로 죽음에 대한 언급이기도 하다. 그러나 구분해 보는 의미로 죽음에 관한 생각을 제시하며 작은 마무리를 하고 싶다. 그러나 죽음에 대한 인문학적 성찰은 더욱 완결형의 논의가 어렵다고 생각한다. 경험과 공감의 폭이 삶의 공유와는 비교가 안 될 정도로 더욱 판이할 수 있기 때문이다. 그래서 죽음에 대한 몇 가지의 질문으로 인문학적 논의의 '어느 하나의 결론'에 대신했으면 한다. 이 질문들에 대한 끊임없는 사유, 성찰만으로도 인문학적 사고의 지평이 확장될 수 있다고 믿기 때문이다.

죽음에 관한 질문의 표제만 나열해 보자. 죽음은 긍정적인 것인

〈도쿄 우에노 국립서양미술관〉(2022. 1.)

가, 부정적인 것인가. 죽음은 고통인가, 평화인가. 죽음은 끝인가, 시
작인가. 죽음은 인간과 우주의 작별인가, 새로운 만남인가. 죽음과
영생의 관계는 무엇인가. 인류가 보전·지속되는 한 인간의 큰 죽음
은 없는 것이 아닌가. 식물의 죽음과 동물의 죽음은 어떻게 다른가.
죽음의 주체는 육신인가, 정신인가. 그렇다면 영혼은 무엇인가. 각
종교는 이들 질문에 대한 답을 가지고 있는가. 그리스도교는 이들
질문에 대해 무엇이라고 답할 수 있는가 등등이다. 이러한 질문에
대해 동서고금의 깊은 사유들, 성현들의 어록을 가지고 모범 답안을
만들고자 하면 얼마든지 만들 수 있을지 모른다. 더구나 성서의 구
절, 기독교의 전승을 바탕에 두고 기독교의 입장에 서서 일관되게

대답할 수도 있을 것이다.

그러나 그런 대답이 오히려 존재의 우울을 가중시킬 수도 있고, 깊은 사유의 지평을 제한할 수도 있다. 끊임없이 묻는 것만으로도 인문학, 철학, 때로는 종교학과 신학의 범주가 더 확장돼 나갈 수 있다고 믿는다. 더구나 감수성이 뛰어난 젊은이들은 존재적 질문만으로도 상상을 초월하는 지적, 정서적 경험과 인지를 확장한다고 믿는다.[*]

---

[*] 필자가 아사히신문 논좌의 칼럼에서 "인문학을 위하여"라는 시리즈의 칼럼을 집필할 때, 한국과 일본의 일부 독자들로부터 항의성 질문을 받은 바 있다. 이토록 엄중한 한일의 관계 상황에서 더구나 정치 국제 부문의 칼럼리스트가 한가하게 인문학에 대한 논의가 웬 말인가 하는 내용이 주였다. 혹 첨예하게 산적한 사안들을 피하기 위해 자신의 전공 부문을 핑계로 도피하는 책상물림 인문학자의 '비겁'이 아닌가 하는, 상당히 심각한 수위의 코멘트도 있었다. 그러나 그때나 지금이나 필자는 정치든 사회든 경제든 그 첨예한 문제의 심층에 서서 그 해결이나 회복의 지혜를 찾기 위해서는 인문학적 성찰이 필수적이라고 생각한다. 당시 그런 반향에도 불구하고, '인문학을 위하여'라는 시리즈를 네 번에 걸쳐 꾸준히 썼다. 이러한 필자의 의도를 당시 아사히신문 논좌의 데스크도 충실히 이해해 주었다.